KB206371

나답게
웃기로
했다

우영숙 시집

하움출판사

차 례

나답게 웃어 보리라

날개를 접은 채로
퍼드득거리며
날갯짓을 하지 못하는 내게
날아 보라며
날 수 있다며
용기를 준 네가 있어 참 좋았어.

웃음을 잃은 내게
슬픈 웃음을 짓는 내게
활짝 웃어 보라며
웃는 게 더 잘 어울린다며
웃는 게 너답다며
위로를 준 네가 있어 참 좋았어.

파아란 하늘에
먹구름만 잔뜩 그린 내게
푸른 하늘의 넓고 푸름을
눈부신 햇살을
그려 보라며
꿈을 준 네가 있어 참 좋았어.

이젠 나도 나답게 살아 보리라.
이젠 나도 나답게 웃어 보리라.

뉴턴의 사과처럼 너에게 떨어지고 싶은 마음

마음이 닮은 사람과
같은 곳을 바라볼 수 있다면
행복이고

말하지 않아도
눈빛으로 말하는 것을 읽을 수 있다면
배려이고

손을 잡지 않아도
따스한 온기 느낄 수 있다면
교감이고

뉴턴의 사과처럼
너에게 떨어지고 싶은 마음은
사랑이겠지.

사랑은
볼 수도 없고
들을 수도 없지만

바람처럼
느끼고
들을 수도 있는 것.

어른이 된다고 다 완벽한 건 아니야

어른이 된다고
다 완벽한 건 아니야.
다 잘하는 건 아니야.
넘어져 피가 나기도 하고
가슴에 시퍼런 멍이 들기도 하고

펑펑 울고 싶을 때도 있고
마음 내키는 대로 훌쩍 떠나고 싶기도 하고
친구들과 소녀처럼 깔깔거리기도 하고
손톱에 물들이듯 사랑 안에 물들고도 싶단다.

나도 이 나이가 처음이거든.

딱딱한 돌멩이 같은 마음이다가
말랑말랑한 젤리 같은 마음이기도 하단다.

그냥 안 그런 척 무심한 듯 사는 거란다.

나이는 들어도
머리는 희끗해도
강한 엄마 같지만
약한 여자이기도 하단다.

어른이라고 다 완벽한 건 아니란다.
완벽하려 할 뿐이란다.

말을 한다는 건 마음을 연다는 것

마음이 따뜻하면
말도 따뜻하고
마음이 부드러우면
말도 부드럽고
마음이 잔잔하면
말도 잔잔하다.

마음이 차가우면
말도 차갑고
마음이 거칠면
말도 거칠고
마음이 출렁이면
말도 출렁인다.

내가 하는 말이
내가 보여 주는 마음이니까.

말을 한다는 건
마음을 연다는 것이니까.

사랑한다니까요

사랑은 말이야.
존중하고
격려하고
배려하고
은은하고
따뜻하고
아름답고
순수하고
때론 바보가 되기도 해.

이유 없이
조건 없이
맑고 깨끗해야 해.

서로 품고
서로 공감하면
따뜻한 빛을 발산하게 돼.
서로의 시간 안에 같이 들어가는 거니까.

사랑합니다.
사랑해요.
사랑한다니까요.

자연스러움이 좋더라

너무 완벽하려 하지 마라.
지치게 되더라.
너무 잘하려 하지 마라.
포기하게 되더라.
너무 웃으려 하지 마라.
쓸쓸함이 남더라.

너무 앞서가려 하지도 마라.
상처만 남게 되더라.
너무 사랑하려 하지 마라.
자연스러움이 좋더라.

가끔은
천천히
옆도 보고
뒤도 보고
위도 보고
아래도 보며
살아가도 충분하더라.

새로운 아침이야

딸아
눈이 덮인 땅 밑의
꿈틀거림을 느껴 봐.
새로운 시작을 알리려
기지개 켜고 움직이는 게 느껴지지.
봄이 곧 오려나 봐.

아들아
새로운 아침이야.
온 우주의 기운이 너에게로
오고 있다는 것 느껴지지 않니.
준비된 마음으로 마음을 열고
활짝 웃으며 받아들이렴.
우주의 기운이 너에게로 오고 있어.

딸아
아들아
삶이 지치고 힘들 때
잠시 쉬어도 괜찮아.
그러다 또 가면 되는 거야.
너에겐 젊음이 있잖니.

네가 가는 길이 네 길이 되는 거야.

네가 가는 길이 그 누군가의 길도 되는 거야.

젊음은
몸도 마음도 정신도 영혼도 젊다는 거란다.

잘 지내라는 말은

웃으며 살라는 말은
내가 웃으며 살고 싶다는 말이다.

행복하라는 말은
내가 행복하고 싶다는 말이다.

밥 먹고 다니라는 말은
같이 밥 먹고 싶다는 말이다.

힘내라는 말은
내가 힘내고 싶다는 말이다.

재밌게 살라는 말은
내가 재밌게 살고 싶다는 말이다.

잘 지내라는 말은
네가 보고 싶다는 말이다.

그럼 된 거예요

슬픈 표정 짓지 말아요.
우울한 표정 짓지 말아요.
아파하지도 말아요.
눈물 흘리지도 말아요.

오늘 아파도
오늘 슬퍼도

우리의 추억이 아름다우면 된 거예요.
우리의 웃음이 활짝 피었으니 된 거예요.
우리의 이야기가 남아 있으니 된 거예요.

우리의 그 바다가 있잖아요.
그럼 된 거예요.
사랑하는 마음 내 안에 있잖아요.
그럼 된 거예요.

나의 사랑학개론

그리워하지 말자 했는데도
어느새
두 손이 그대의 손을
슬그머니 잡고 있고

보고 싶어 하지 말자 했는데도
어느새
두 발은 그대의 그림자를
따라 걷고 있고

사랑하지 말자 했는데도
어느새
마음은 쏜살같이 그대에게로
달려가 기대앉아 있다.

이건 뭘까.
이건 사랑일까.
이건 뭘까.
이건 나의 사랑학개론일까.

그림자가 슬픈 건

눈을 뜬다는 건
살아 있다는 것이고
욱신욱신 아픈 건
건강해질 거라는 것이다.

눈물이 나는 건
웃을 거라는 것이고
외롭다는 건
사랑할 수 있다는 것이다.

그립다는 건
볼 수 있다는 것이고
발걸음이 혼자라는 건
둘이 걸을 수 있다는 것이다.

그림자가 슬픈 건
별님이 숨바꼭질하는 것이고
네가 보고 싶은 건
사랑이 깊어진다는 것이다.

사랑할 수 있다는 건
꿈을 같이 꿀 수 있다는 것이기에
오늘도 감사하며
꿈을 꾸며 살아 보자.

내 감정에 솔직하고 싶어

오해받고 싶지 않아서
토닥거리고 싶지 않아서
피곤하고 싶지 않아서
감정을 솔직하게 표현하지 못한 적이 많았어.

이젠
얼굴 빨개지면 어때.
싫으면 싫다고
좋으면 좋다고
울고 싶으면 울고
웃고 싶으면 웃고

콩닥콩닥
두근두근

내 감정에 솔직하고 싶어.
그러고 싶어.
이젠 그럴 거야.

그랬더라면

그대 곁을 스치는 바람이
나였더라면
이렇게 그리워하지도 않았을 것을

그대 발길 머무는 곳의 들꽃이
나였더라면
이렇게 애달파하지도 않았을 것을

그대 귓가에 노래를 부르는 카나리아 새가
나였더라면
이렇게 애절하지도 않았을 것을

그랬더라면

그대 귓가에
내 사랑을 전했을 것을

눈이 부시도록
파아란 하늘을 올려다보며
가슴에 멍이 들지 않았을 것을.

민낯의 나로 당당하게 나서 보리라

아프면 아프다 하고
슬프면 슬프다 하고
울고 싶으면 눈물 뚝뚝 흘리고
웃고 싶으면 깔깔거리고
살아 보고 싶다.

늘 짙은 화장을 한 채
아프지 않은 척
행복한 척
잘하는 척
예쁜 척
가식적인 가면은 이제 벗어던지고 싶다.

이젠
민낯의 나로 당당하게 나서고 싶다.
주름이 있으면 어때.
기미가 있으면 어때.

화장으로 가리지 말고
민낯의 나를 사랑하며
민낯의 나로 당당하게 나서 보리라.

민낯이 진정한 나이기에

가끔은 분홍 립스틱도 발라 보며
가끔은 빨강 립스틱도 발라 보며
룰루랄라.

그대를 대신할 것은 그 어디에도 없다네

아련한 뭉게구름 지나간 자리에
그대 향한 그리움만 남고

분홍빛 상사화 떨어진 자리에
그대 향한 보고픔만 남고

시원한 바람 지나간 자리에
그대의 향기만 코끝을 스치며

알콩달콩 쫑알대는 새들의
웃음이 지나간 자리에
그대 따스한 목소리만 맴도네.

앙상한 가지만 있는 내게

그대는
따뜻한 꽃잎이 되었고
살랑살랑 부는 봄바람이 되었고

샘물 같은 청량감을 주었고
등불 같은 따뜻함을 주었네.

그대를
대신할 것은 어디에도 없으며
그대를 대신할 수 있는 것은 아무 데도 없다네.

기억해요

당신이 웃길 바라는
사람이 있다는 것
당신이 행복하길 바라는
사람이 있다는 것
기억해요.

당신이 즐거워하길 바라는
사람이 있다는 것
당신이 잘되길 바라는
사람이 있다는 것
기억해요.

당신의 편에서 늘 응원하는
사람이 있다는 것
기억해요.

오늘도 바람은 여전히 불고
오늘도 태양은 여전히 떠올랐고
오늘도 우주의 기운이 당신에게 쏠려 있다는 것
기억해요.

당신의 미소가 있기에
좋은 일만 있을 거라는 것
당신을 사랑하는 사람이 있다는 것
기억해요.

그대 향한 이 마음

그대의
따뜻한 말이 그립고
그대의
묵묵히 쳐다보는 눈빛이 그립고
그대의
다독이는 손길이 그립고
그대의
미소 짓는 모습이 그립고
그대의
발걸음 소리도 그리운 이 저녁

그대
그리운 마음에

그대 화단에
물망초 한 송이 심어 두고
누가 볼까 서둘러 왔습니다.

그대 창문에
그대 향한 이 마음 남겨 두고
누가 볼까 서둘러 왔습니다.

그대 향한 이 마음을
살포시 놓아두고
서둘러 왔습니다.

있는 그대로의 너를 사랑해

무심한 듯
툭 치고 지나가는 것도
너다웠어.

힘내
라는 말 한마디
툭 하고 지나가는 것도
너다웠어.

보일 듯 말 듯한
미소만 남기고 지나가는 것도
너다웠어.

그러나
가끔은
다정한 말을 해 주면 더 좋을 텐데.
가끔은
환한 웃음을 보여 주면 더 좋을 텐데.

그래도
난 있는 그대로의 너를 사랑하기로 했어.
난 있는 그대로의 너를 인정하기로 했어.

너이기에
지금 이대로가 너이기에.

이른 새벽에

새벽녘
열어 놓은 창문 사이로
살포시 들어와
나를 깨운 님 있었네.

어서 일어나라고
어서 느껴 보라고
어서 속삭여 보라고
어서 몸을 맡겨 보라고

얼굴을 간질거리고
손끝을 스치고
귀에 속삭이고
온몸을 감싸 돌며

잠을 깨운 님은 산들바람이었으니
잠을 깨운 님은 하늬바람이었으니

이 새벽녘에
파아란
하아얀
님과 속삭이느라
토닥여 주는 님의 손길을 느끼느라

난 이른 새벽에
잠을 잘 수가 없었네.
이른 새벽에.

그대와 나의 정원

내 사랑은
짝사랑이었습니다.
그리움에 눈물 적시는
애절함이었습니다.

내 사랑은
식은 찻잔이었습니다.
마시지 못하고
식어 버린 눈물이었습니다.

내 사랑은
연꽃 뿌리였습니다.
우아하게 연꽃을 피우느라
구멍이 숭숭 뚫린 아픔이었습니다.

이제는
우리 정원에
그대와 나의 꽃을 심어 보려 합니다.
향기 나는 꽃들을 심어 보려 합니다.

활짝 꽃을 피워 보려 합니다.
향기 나는 그대와 나의 꽃을.

풀리지 않는 인연

나에겐
실타래처럼 얽혀 풀리지 않는
인연이 있다.
아무리 풀어 보려 해도
잘 풀리지 않는 인연
다 풀었다 생각하면
또 얽혀 버린 인연

내 갖춤만큼 인연은 온다고 했던가.
나의 갖춤이 부족한 탓일 테지.

오늘도
우리의 풀리지 않는 인연을 위해
미안합니다.
고맙습니다.
사랑합니다.
마음속으로 기도하며 살아가기로 했다.

풀리지 않는
나의 오래된 인연을 위해

내 작은 몸으로 어떻게 해야 할지를 몰라
발만 동동 구르는 인연을 위해

그대의 가을바람이고 싶습니다

나
지친 그대에게
가을바람이고 싶습니다.

그대의 땀을 닦아 주고
그대의 어깨를 감싸 주고
그대의 얼굴을 스치며
그대를 살포시 안아 주는
가을바람이고 싶습니다.

나뭇잎이 붉게 물들며
가을을 먼저 맞이하러 나갈 때
나도 같이 따라 나가
그대의 가을바람이고 싶습니다.

우리의 고마운 인연
우리의 소중한 인연
우리의 아름다운 인연

나 그대에게
가을바람이고 싶습니다.

나 그대에게
가을바람으로 가겠습니다.

나의 슬픈 연가

나의 우울함이 슬픈 노래가 되어
가슴에 사무치며

나의 애달픔이 애잔한 노래가 되어
가슴을 파고들며

나의 서글픔이 이별의 노래가 되어
가슴의 눈물이 되네.

내리는 빗속에 서서 울다 보면
내 눈물도 씻겨 내려가려나.

흩날리는 가을을 따라서 가면
내 눈물이 낙엽 따라서 가려나.

태양 아래 서서 땀방울이 맺히면
눈물인지 땀인지 모르려나.

오늘도
난
슬픈 작사와
슬픈 작곡으로
마음 에일 듯한 노래를 부르고 있네.
나의 슬픈 연가를.

내 사랑 안에서

내 그리움 안에서
그대는
은은한 향기 품은 국화꽃을 피우소서.

내 애달픔 안에서
그대는
바람의 방향으로 휘날리는
코스모스꽃을 피우소서.

내 사랑 안에서
그대는 가을 하늘의 더 높음을 닮아 가는
푸르름이 되소서.

사랑이란 것은
서로에게 물들어 가는 것

나는 그대에게
그대는 나에게

우리 사랑 안에서
겸손의 언어와
배려의 몸짓으로
채워 가는 것

우리 그렇게 물들어 가는 것
우리 그렇게 물들이는 것.

나보다 더 아파하는 그대를 위해

난
척을 하지 않기로 했는데
있는 그대로
살아가기로 했는데

지금부터는
이제부터는
나보다 더 아파하는
그대를 위해
척을 하기로 했다.

건강한 척
행복한 척
재밌는 척
씩씩한 척
잘 사는 척
웃는 척
하기로 했다.

나를 보는 내 사랑이
나보다 더 아파하기에

나를 보는 내 사랑이
나보다 더 눈물 흘리기에.

음악에 취해 모두가 춤을 추는 밤

바닷물도 음악에 맞춰
유유히 춤을 추며 흐르고

밤하늘의 보름달도
환하게 웃으며 덩달아 춤을 춘다.

경쾌한 음악도 춤을 추며
테이블 위의 와인 잔도 춤을 춘다.

여인들의 옷자락도 춤을 추며
밤 불빛들도 춤을 추며
형형색색 빛을 발한다.

음악에 취해
불빛에 취해
와인에 취해
분위기에 취해

모두가 춤을 추는 이 밤
나도 덩달아 춤을 춘다.

어머니 나의 어머니

작아진 마음
가냘픈 몸
떨리는 손
흔들리는 말
불안한 눈빛
사슴 같은 눈망울을 가진 당신

가을을 넘어 겨울에 선 당신
불안해하지 마세요.

이제는
제가 두 손 잡아 드릴게요.
제가 당신의 언어를 이해할게요.
제가 당신의 마음 어루만져 볼게요.

아장아장 걷던
내 발걸음에 맞추던 당신처럼

이제는
제가 당신의 발걸음을 따라 걸을게요.
이제는
제가 당신의 속도에 맞추어 볼게요.

우리를 위해 살아온 당신한테

이제는 제가 맞출게요.

어머니
사랑합니다.

부모의 마음은 자연의 마음이다

부모의 마음은
자연의 마음이며
마음의 고향이다.

사랑으로 포옹할 수 있으며
밝고 깨끗한 마음이며
무조건적인 사랑이다.

욕심내지 않으며
보기만 해도 좋으며
늘 생각나고 보고 싶은 사랑이다.

나보다 더 소중하고
나보다 더 사랑하는
변함없는 사랑이다.

아낌없이 내어 주는 부모의 사랑이
아낌없이 내어 주는 자연의 사랑이다.

나도 내 자식의 부모이고
나도 내 부모의 자식이니까.

우리는 소중한 끈으로 이어진
부모 자식 간의 인연이니까.

늘 생각나는 사람

눈만 뜨면 생각나는 사람
눈부신 햇살에도 생각나는 사람

맛난 음식 앞에서도 생각나는 사람
웃음이 날 때도 생각나는 사람

눈물이 날 때도 생각나는 사람
기쁜 일이 있을 때도 생각나는 사람

슬픈 일이 있을 때도 생각나는 사람
소소한 일상에도 생각나는 사람

길을 가다가도 생각나는 사람
눈을 감을 때도 생각나는 사람

꿈속에서도 보고 싶은 사람
늘 내 옆에 있는 것만 같은 사람

그런 이가 바로 당신입니다.
늘 빛나고 있는 당신입니다.

실상은 텅 빈 내 마음인데

맑은 호수에
햇님이 비치면 햇님인 줄
구름이 비치면 구름인 줄
낙엽이 비치면 낙엽인 줄
꽃잎이 떨어지면 꽃잎인 줄
사랑이 비치면 사랑인 줄
실상은 호수인데

텅 빈 내 마음에
구름이 있는 듯
햇님이 있는 듯
낙엽이 있는 듯
꽃잎이 있는 듯
사랑이 있는 듯
실상은 텅 빈 내 마음인데.

우리는 하나인 것을

동그란 얼굴
길쭉한 얼굴
네모난 얼굴

키가 큰 사람
키가 작은 사람

생기 넘치는 젊은 사람
익어 가는 나이 든 사람

생김새와 언어는 달라도
꽃처럼 화사한 웃음도
햇살처럼 환한 행복도
사탕처럼 달달한 사랑도

다 같은 모습들
다 같은 행동들

너와 나는
우리는 둘이 아닌 하나인 것을
지구라는 행성 안에 모두가 하나인 것을

나도 너도 우리도 하나인 것을.

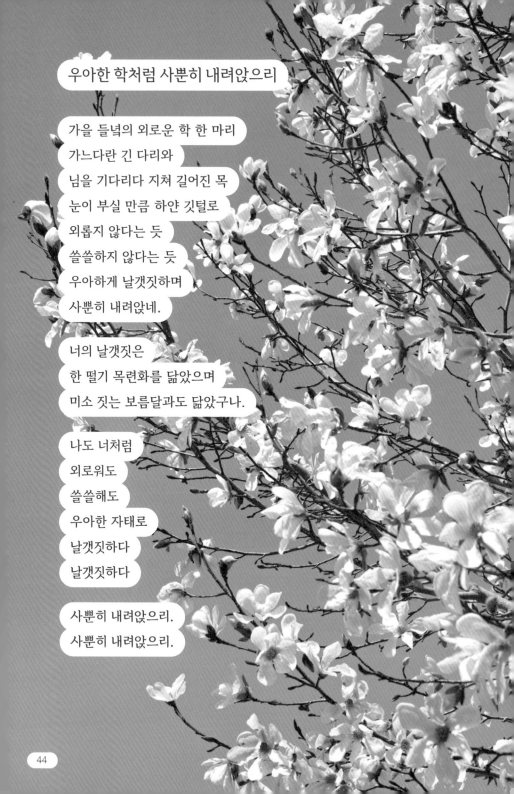

우아한 학처럼 사뿐히 내려앉으리

가을 들녘의 외로운 학 한 마리
가느다란 긴 다리와
님을 기다리다 지쳐 길어진 목
눈이 부실 만큼 하얀 깃털로
외롭지 않다는 듯
쓸쓸하지 않다는 듯
우아하게 날갯짓하며
사뿐히 내려앉네.

너의 날갯짓은
한 떨기 목련화를 닮았으며
미소 짓는 보름달과도 닮았구나.

나도 너처럼
외로워도
쓸쓸해도
우아한 자태로
날갯짓하다
날갯짓하다

사뿐히 내려앉으리.
사뿐히 내려앉으리.

그대 향한 촛불 하나

내 가슴에 촛불 하나
불 밝혀 두었습니다.

그대 활짝 웃기를
그대 건강하기를
그대 행복하기를
그대 사랑 안에 있기를
그대와 영원하기를

그대를 향한 마음에
촛불 하나 불 밝혀 두었습니다.

그대는 나를 숨 쉬게 하고
그대는 나를 미소 짓게 하고
그대는 나를 살게 하니까요.

소중한 그대의
안녕을 비는 촛불 하나
오늘도 환하게 타오르고 있습니다.

소중한 그대 향한
촛불 하나
오늘도 활활 타오르고 있습니다.

그런 사람이 되련다

꽃이 피면 꽃들과
도란도란 이야기 나누고
새들이 지저귀면
새들과 소곤소곤 이야기 나누고

구름이 흘러가면
구름과 몽글몽글 이야기 나누고
바람이 불어오면
바람과 살랑살랑 이야기 나누는
그런 사람이고 싶다.

세월은 흘러 머리에 흰 눈이 날려도
마음은 소녀처럼
그런 사람이고 싶다.

그리움이 밀려오고
외로움이 밀려와도
내 마음 달래 주는 추억이 있으니까

어린 시절 순수했던 그 시절의 나처럼
난 그런 사람이 되고 싶다.

난 그런 사람이 되련다.
그대도 그런 사람이면 좋겠다.

순수한 어린 시절의 추억 소환

풋풋한 철없던
어린 시절 들었던
가슴 설레던
그 시절의 그 노래가
나를 시간 여행으로 떠밀고 있네.

가슴 콩닥거렸던 그때의 그 아이를
가슴 설렜던 그때의 그 아이를

낙엽을 보고도 눈물짓던 그때의 그 아이를
코스모스 언덕길을 걸으며
철학을 논하던 그때의 그 아이를

교복을 입고 까르르 웃던 그때의 그 아이를
교련복 입고 멋을 내던 그때의 그 아이를
문학소녀의 꿈을 키우던 그때의 그 아이를

예전에 즐겨 듣던 노래는
나를 추억 속으로 떠밀고 있네.
나를 추억 속으로 빠지게 하네.

그때의 그 아이처럼 까르르 웃어 보라고
그때의 그 아이처럼 순수해 보라고
그때의 그 아이처럼 밝게 빛나 보라고.

까르르 웃는 참새에게 이름 지어 주기

새벽부터 내 귓가를
간지럽히는 참새 노랫소리
참새들에게 이름을 지어 주기로 했다.
참새 하나 윤주
참새 둘 영희
참새 셋 현숙
참새 넷 정순
참새 다섯 영선
참새 여섯 귀자
참새 일곱 영미
참새 여덟 해경
참새 아홉 임형

새벽부터
무슨 이야기가 그리 많은지

속닥속닥
무슨 노래를 그리 하는지

재잘재잘
나뭇잎 보고 또르르 웃고
하늘 보고 후루룩 웃고
나를 보고 까르르 웃네.

가슴으로 하늘을 품으리

삶의 무게가 어깨를 짓누를 때
난 땅만 보고 걸었지.
삶의 무게가 온몸을 감싸 돌 때
난 땅만 보고 뛰었지.

하늘을 볼 용기가 없어서
두 팔을 벌릴 힘이 없어서

웅크리고 또 웅크리며
땅만 보고 걸었지.

오늘은
두 팔을 벌려 하늘의 높음을
온몸으로 하늘의 청명함을
온 가슴으로 하늘의 푸르름을
느끼며 품으리.

이 세상의 주인공은 나이기에
내가 있어야 세상도 있기에

오늘은
두 팔 벌려 온몸으로 하늘을 품으리.
온 가슴으로 푸르름을 품으리.

아버지를 싫어한 소년

어린 시절 소년은
아버지를 싫어했다.
아버지를 무서워했다.

아버지와는
다른 길을 가겠노라 다짐했다.
아버지 같은 인생은 살지 않겠노라
반항도 했다.

시간이 지나
소년이
아버지같이 머리에 하얀 눈이 내리니

이제서야
아버지의 아픔이 보인다.
이제서야
아버지의 눈물이 보인다.

이제서야
아버지의 절규가 보인다.
이제서야
아버지의 비통함이 보인다.

이제서야

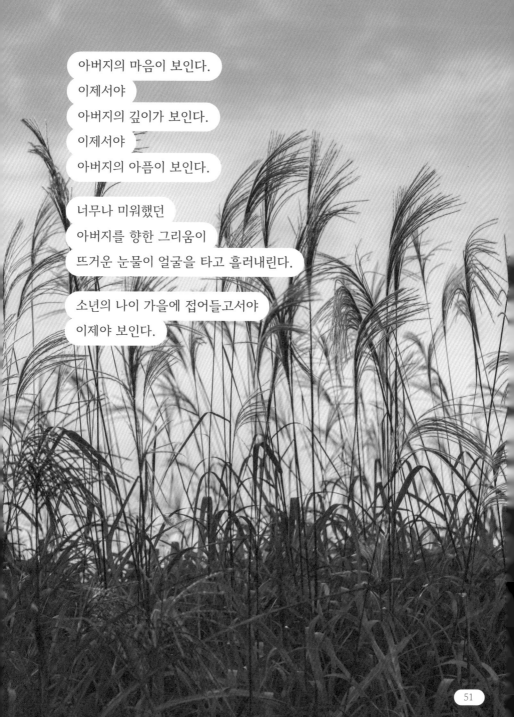

아버지의 마음이 보인다.
이제서야
아버지의 깊이가 보인다.
이제서야
아버지의 아픔이 보인다.

너무나 미워했던
아버지를 향한 그리움이
뜨거운 눈물이 얼굴을 타고 흘러내린다.

소년의 나이 가을에 접어들고서야
이제야 보인다.

내 님의 사랑인지 그대 향한 그리움인지

유리창에 살포시 내려앉은
낙엽 하나
빛바랜 낙엽인지
사뿐히 날갯짓하는 나비인지
푸르름을 풀어 놓은 물감인지
내 님의 사랑인지
그대 향한 그리움인지

가을 하늘 뭉실뭉실
구름 둘
신부의 하이얀 면사포인지
양들의 무리 지은 모습인지
하얀 물감을 풀어 놓은 건지
내 님의 사랑인지
그대 향한 그리움인지.

가을이 참 좋다

가을바람이
창문을 두드리는 소리에
잠에서 깼다.
가을바람인가
내 님의 목소리인가

가을 향기가
코끝을 스치기에
잠에서 깼다.
가을 향기인가
내 님의 그리움인가

가을 속삭임이
귓가를 간지럽히기에
잠에서 깼다.
가을 이야기인가
내 님의 사랑가인가

가을이 참 좋다.
내 님도 참 좋다.

난 너에게 그러고 싶다

너에게 난
따뜻한 햇살이고 싶다.

너에게 난
한 줄기 시원한 바람이고 싶다.

너에게 난
하나의 희망의 증거이고 싶다.

너에게 난
밝은 에너지의 기쁨이고 싶다.

너에게 난
환한 웃음이고 싶다.

너에게 난
가슴에 물드는 사랑이고 싶다.

나의 생은 너에게 그러고 싶다.
나의 생은 네 안의 사랑이고 싶다.

너와 나
우리는 하나이니까.
우리는 사랑하니까.

나를 살게 하는 사람

내가 쫑알거려도
괜찮아 늘 웃어 주고

내가 징징거려도
괜찮아 늘 위로해 주고

내가 실수해도
괜찮아 늘 잘한다 해 주고

내가 투덜거려도
괜찮아 늘 칭찬해 주는

언제나 내 편이 되어 주는
그대가 있어

늘 사랑한다고 하는
그대가 있어
사랑은 배려라는
그대가 있어

난 오늘도 웃으며 살아 봅니다.
난 오늘도 웃으며 살아갑니다.

그대에게 물들어 갑니다.

오늘부터 내가 나를 토닥거리기로 했다

아침 일찍부터
고단한 하루를 버텨 낸
내 인생아

서 있던 것이 아니라
넘어지지 않으려
안간힘으로 버텨 왔던
내 인생아

사느라
수고 많았다.
사느라 정말 수고 많았다.
넘어지지 않고
잘 버텨 줘서 고맙다.

오늘부터
스스로 나를 토닥거리기로 했다.
스스로 나를 사랑하기로 했다.

수고 많이 했다고
이젠 활짝 웃자고

머리를 쓰담쓰담
어깨를 토닥토닥
나를 사랑하기로 했다.

가을밤 모두가 사랑이어라

같은 마음으로 웃고
같은 마음으로 노래하고

같은 마음으로 박수 치고
같은 마음으로 행복해하고
같은 마음으로 사랑하니

가을 밤하늘도 방실방실
가을 밤바람도 둥실둥실

모두가 한마음이 되는
가을밤 축제의 장

가을 향기가 좋다.
가을 웃음이 좋다.
가을 하늘이 좋다.
가을 노래가 좋다.
가을밤이 참 좋다.

가을밤 모두가 사랑이어라.

그대의 모든 것을 사랑해야지

그대가 내게 온다는 것은

그대의 아련함도 오는 것이고
그대의 서글픔도 오는 것이고

그대의 그리움도 오는 것이고
그대의 미련도 오는 것이고

그대의 눈물도 오는 것이고
그대의 웃음도 오는 것이고

그대의 기쁨도 오는 것이며
그대의 인생도 오는 것이며
그대의 사랑도 오는 것이다.

그런
그대를 소중히 여기며
그대를 배려하며
그대를 있는 그대로 인정하며
그대를 사랑해야지.

그대의 모든 것을 사랑해야지.
그런 그대를.

꼭 잡은 이 손 놓지 않을게요

우리의 사랑은
나만 아픈 것이 아니라
그도 아팠음을

나만 구멍이 숭숭 뚫린 것이 아니라
그도 구멍이 숭숭 뚫렸음을

나만 흐느낌이 있는 것이 아니라
그도 흐느낌이 있음을

나만 아픔이 있음이 아니라
그도 아픔이 있음을
이제야 알았네.

꼭 잡은 이 손
내가 더 아파하고
내가 더 힘들어도
놓지 않을게요.

그대 두 손 잡고 있을게요.

나보다 더 아팠을
그대 손 놓지 않을게요.

다음 생이 있다면

서로에게
한숨만 되는 인연
다음 생이 있다면
우리 스치지도 말자.

서로에게
슬픔만 되는 인연
다음 생이 있다면
우리 부딪히지도 말자.

서로에게
아픔만 되는 인연
다음 생이 있다면
우리 만나지도 말자.

서로에게 눈물이 되고
서로에게 절규가 되는
가슴 아픈 인연아

오늘도
마음 아려 오는 인연에
미안합니다.
미안합니다.
사랑합니다.

사랑합니다.
사랑이 있었기에 미움이 있었나 봅니다.
사랑이 컸기에 미움도 컸나 봅니다.

애처로운 네 모습

엄마 집 가는 길에
얼굴을 붉히며 손을 내미는 배롱나무꽃

찬 바람이 옷깃을 스치는 날
나뭇잎은 퇴색되어 떨어지는데

누구를 애타게 기다리는지
누구를 애타게 찾는지
누구를 애타게 연모하는지

붉은 자태 뽐내며 손을 내미는
붉고 붉은 배롱나무꽃이여
붉고 붉은 백일홍이여

이 세상의 못다 한 인연
이 세상의 못다 한 사랑

그리운 연인을 기다리다
애타는 마음이 붉게 되었나

붉은 전설에 눈물이 주르륵
붉은 가슴에 피멍이 멍울멍울
애처로운 네 가슴이
애처로운 네 사연이
온 세상을 붉게 물들였구나.

당신도 나도 꽃을 피우고 있는 것을

인생이란
내 입장에서 바라보면 불공평해 보이는 것
남의 꽃의 향기가 더 나고
남의 밥그릇이 더 커 보이고
남의 옷이 더 멋져 보이고
남의 걸음이 더 빨라 보이고
남의 손에 든 것이 더 많아 보이고
남이 가진 것이 더 좋아 보이는 것

꽃도
당신도
나도
다 시들고 있는데

성난 파도처럼 휘몰아치지도 말고
잔잔한 파도처럼 가볍게 살면 되는 것을

당신도
나도
향기가 있고
활짝 피었을 때가 있었으며

지금도 향기가 나는 것을
지금도 꽃을 피우고 있는 것을.

삶은 같이 있어도 외롭고 혼자 있어도 외로운 것

삶은 같이 있어도 외롭고
삶은 혼자 있어도 외로운 것
난 나 혼자 인생을 즐기기로 했다.

산책을 하며 들꽃과도 소곤소곤 이야기 나누고
바닷가를 거닐며 바다 내음을 느끼고

갈매기와도 같이 합창을 하고
조용한 음악에 울적해하기도 하고

신나는 음악에 어깨 들썩이기도 하고
지저귀는 새들과도 종알종알 세상 이야기 나누며

사랑에 목매지도 말고

그리우면 그리운 대로
외로우면 외로운 대로

힘에 겨우면 힘겨운 대로
쓸쓸하면 쓸쓸한 대로

나 혼자 즐기는 법을
알아 가며 사랑하기로 했다.

삶은 같이 있어도 외롭고

삶은 혼자 있어도 외로우니까

나 혼자
웃으며 살아가기로 했다.

나 혼자
웃으며 사랑하기로 했다.

나 혼자
웃으며 씩씩하기로 했다.

내 나이 육십이 넘어서야 철이 드나 보다

내 나이 육십이 넘어서야
인생을 조금 알게 되었네.

소소한 일상에서 느끼는 소중함도
평범함이 가장 자연스러움도

사랑은 받는 것이 아니라
사랑은 주는 것이라는 것도

잘난 척
있는 척
아는 척의 부질없음을

조금씩 내려놓음으로써 오는 자유를
내 나이 육십이 넘어서야 철이 드나 보다.

이제야 세상이
이제야 인생이
이제야 사랑이
보이기 시작하니

육십갑자를 넘어서
새로 시작되는 주기

자연스러움에서 오는 행복을
자연스러움에서 오는 자유를
만끽하고 사랑해야지.

제대로 숨을 쉬어야지.
들숨과 날숨으로.

나와 닮은 친구와 가을 길을 걸으며

가을이 익어 가면
나와 닮은 친구와
울긋불긋 단풍 길도
노란 은행 길도 걸어 보리라.
바스락바스락 가을 길을 걸으며
인생을 이야기하고

도토리 몇 개 주워 다람쥐와도
껌벅껌벅 눈 맞추고

들꽃 향기 가득한 차 한 잔에
가을을 듬뿍 넣어 마시고

벤치에 앉아 가을 소리에
귀 기울여 가며

가을 길을 발맞추어 걸으리라.
가을 길을 손잡고 걸으리라.
가을 노래를 흥얼거리며

내 이야기에 눈물 글썽이고
내 이야기에 까르르 웃는
나와 닮은 친구와.

붉은 풍등이 하늘로 두둥실

누군가의 행복을
누군가의 건강을
누군가의 성공을
누군가의 안녕을
누군가의 사랑을
누군가의 소원을 담아
하늘로 하늘로
날아오르는 붉은 꽃

모든 이의 소원을 담아
모든 이의 간절함을 담아

붉은 풍등이 하늘로 두둥실
붉은 꽃등이 하늘로 두둥실
날아올라 꽃을 피우네.

하늘도
바람도
풍등도
같이 춤을 추네.

모든 이의 소원 이루어지길
모든 이의 마음을 담아
둥실 두둥실
사랑하는 사람의 안녕을 빌며.

운명의 붉은 실로 연결된 우리 인연

보이지 않는
줄의 이끌림에 의해
인연이 된 우리

인연의 끈은
자르는 것이 아니라
푸는 것이라죠.

운명의 붉은 실로 연결된 우리
어디 있던 서로를 알아본다지요.

하늘이 맺어 준 인연이겠지요.
잠시 스치는 아픔이 아니겠지요.

붉은 실의 이끌림에 의해
인연이 된 우리

내 안에서 뒹굴고 있는 너
네 안에서 춤추고 있는 나

개울물의 조약돌처럼
바닷가의 모래알처럼
자연스러운 우리 인연

우리 인연 영원하기를 바라 봅니다.

이 가을에 당신이 있네

불긋불긋 물든 단풍잎 사이로
당신이 손짓을 하네.

높고 푸른 가을 하늘에도
당신의 미소가 있네.

여유로운 뭉게구름 사이로
당신의 웃음도 있네.

사박사박 발걸음 사이로
당신의 발자국이 있네.

탐스러운 붉은 홍로에도
당신을 향한 그리움이 있네.

맑고 맑은 시냇물에도
당신의 초롱한 눈망울이 있네.

시원하게 불어오는 가을바람에도
당신의 마음도 같이 불어오네.

이 가을에 당신이 있네.
이 가을에 당신을 그리는 내가 있네.
이 가을에.

똑 똑 똑 노크하며 내 앞에 나타난 그대

똑 똑 똑
노크를 하며
내 앞에 나타난 그대

조심조심
소곤소곤
손 내밀며 다가오더니

어느새
내 마음 깊은 곳에
자리 잡은 너

난 너와의 매일매일이
행복이고 사랑입니다.

사랑은 배려라는 너와
알콩달콩 사랑하렵니다.

내 남은 사랑
너와 함께하렵니다.

각자의 속도대로 가면 된다

우리에겐 각자의 속도가 있다.
오늘 찌푸렸다고
오늘 우울했다고
오늘 힘들었다고
주저앉지도
슬퍼하지도 말자.

오늘이 지나면
내일 해가 또 뜰 테니까.

크게 숨 한 번 내쉬고 휴우우
크게 기지개 한 번 켜고 털털털
행복은 우리 옆에
딱 붙어 있는데

눈 크게 한 번 뜨고 행복과 악수를 해 보자.
눈 크게 한 번 뜨고 행복과 포옹해 보자.

우리는
지금처럼
각자의 속도대로 가면 된다.

난 나의 속도대로
넌 너의 속도대로
가다 보면 골인 지점은 누구나 같을 테니까.

적당한 거리

작은 열매들이
옹기종기 앞다투어
인사를 할 때
솎아 내는 작업을 해야
탐스러운 열매가 열리듯이

우리네 인간관계도
적당한 거리가 필요하다.
너무 다닥다닥 밀접해 있으면
서로에게 무례하게 되고
서로에게 욕심내게 되고
서로에게 집착하게 된다.

적당한 거리에서
상대 입장에서 배려하고
상대 입장에서 존중하며
상대를 있는 그대로 인정하면

햇살이 아름다운 오늘 같은 날
하늘이 푸르고 높은 멋진 날

사랑의 열매가
주렁주렁 열릴 것이다.

우리의 탐스러운 사과가
우리의 사랑스러운 열매가
방긋방긋 웃음으로 답을 할 것이다.

사랑도 비움일까

마음 안에는 몇 개의 사랑이 저장될까.
핑크빛 남녀 간의 사랑
무채색의 부모 자식 간의 사랑
푸른빛의 형제간의 사랑
보랏빛의 동료 간의 사랑
사랑 사랑 사랑
많은 사랑 사랑

내 안에는 어디까지의 사랑이 저장되어 있을까.
내 안에는 얼마만큼의 사랑을 저장할 수 있을까.

사랑도 비우면서 채워야 하는 걸까.
비워야 아름다운 걸까.
사랑도 비움일까.

공허만 남을 뿐

서로 다른 곳을 바라보면서
다른 이야기를 하는 사람들

서로 같은 곳을 바라보면서
다른 이야기를 하는 사람들

서로 같은 곳을 바라보며
같은 이야기를 하는 사람들

보통 사람들이 보통이 아니었고
평범한 사람들이 평범이 아니었네.

풍선을 잡고 있을 때는
놓고 싶어 하다가
풍선을 놓치고 나면
날아가는 풍선만 쳐다볼 뿐

빈 하늘만 쳐다볼 뿐
공허만 남을 뿐.

어머니

어머니
당신은 시원한 바람입니다.
땀을 식혀 주는 한 줄기 바람입니다.

어머니
당신은 포근한 솜이불입니다.
꽁꽁 언 마음을 따뜻이 감싸 주는 솜이불입니다.

어머니
당신은 무조건적인 사랑입니다.
바라는 것 없이 내어 주기만 하는 사랑입니다.

어머니
당신은 해바라기입니다.
자식들만 바라보는 해바라기입니다.

어머니
당신은 고향의 향기입니다.
당신만 생각하면 마음이 따뜻해지고 미소를 짓게 됩니다.

어머니
당신은 마음의 안식처입니다.
어느 색깔에도 튀지 않고
은은하게 파스텔 톤으로 물들이는

하얀 물감 같으십니다.

어머니
당신은
사랑입니다.

가볍게 살아야겠다

비가 온다.
가을비가 온다.
들뜬 마음을 가라앉혀 준다.
차분히도 내리고 있다.
들뜬 마음도 정리하고
나쁜 감정도 정리하고
붙잡고 있던 욕심도 정리하고
주렁주렁 매달고 있던
집착의 돌덩이도 정리하라고
가을비가 차분히 내리고 있다.

주렁주렁 돌덩이를 매달고
인생의 장거리에서 달리기를 하던 나

그 돌덩이가 나를 아프게 하는 줄
그 돌덩이가 나를 치는 줄 알면서도
내려놓지 못한 나

차분히 내리는 가을비처럼
하나씩 하나씩 정리를 해야겠다.
하나씩 하나씩 정리를 해야겠다.
가볍게 살아야겠다.

내 분별 안에서 일어나는 것을

젊고 예쁘게 가꾸어도
결국은 늙어 가고

맛난 것 골고루 먹어도
결국은 배출해야 하고

낮이 지나면 밤이 오고

열심히 살아도
우리는 결국 죽는 것

출렁이는 파도도
잔잔한 파도도
그 또한 바다인 것을

모든 것이
내 생각 안에서 일어나는 것을

모든 것이
내 분별 안에서 일어나는 것을

삶도 죽음도
행복도 슬픔도
만남도 이별도.

마음의 본질

마음의 본질은
변하는 것이지만
그 진실은 변하지 않는 것

장미꽃을 보며 예쁘다는 것도
진실이고
핑크뮬리를 보고 예쁘다는 것도
진실이고

수평선을 보며 탄성을 지르는 것도
진실이고
노을을 보며 감탄을 하는 것도
진실이다.

사람의 마음이
바뀐 것도 아니고
거짓도 아니고
진실인 것이다.

우리 인연도
올 사람은 오고
갈 사람은 가는
시절인연이기에

그 또한 변한 것이 아니라
그 또한 거짓이 아니라
진실인 것이다.

인생은 인연 따라 생겨나고 사라지는 인연법

인생은 인연 따라
생겨나고 사라지는 인연법이다.

이 세상에 고충이 없는 것은 없다.
단지 조용히 있을 뿐이다.

착하면 착한 대로
나이 들면 나이 든 대로
만나면 만나는 대로
헤어지면 헤어지는 대로
나만 힘든 것이 아니다.
고충은 다 있다.

해도 해도
모르는 것이 인생 공부다.

고요함도
시끄러움도
미움도
사랑도
분별에서 일어난 내 마음인 것이다.

모든 것이
내 마음에서 일어난 것이다.

떠나는 사람

떠나는 사람은
조용히 떠난다.
머나먼 곳으로

아니 어쩜
가까운 우리 마음 안으로

떠나는 것이 아니라 오는 것이다.
떠나는 것이 아니라 영원히 있는 것이다.

바람이 되어
하늘이 되어
구름이 되어
새가 되어
꽃이 되어
그리움이 되어
눈물이 되어
노래가 되어
한 편의 시가 되어
추억이 되어
우리 가슴에 영원히 있는 것이다.

떠나는 것이 아니라
영원히 함께하는 것이다.

인생이란

인생이란
비가 오는 날도 있고
햇볕이 쨍쨍 빛나는 날도 있고
먹구름 끼는 날도 있고
천둥 치는 날도 있고
비 온 뒤
일곱 빛깔 무지개가 나타나는 날도 있기에

너무 조급해하지 말고
너무 답답해하지 말고
조금만 여유롭게 살아 보자.
조금만 편안한 마음으로 살아 보자.

크게 숨 한 번 내쉬고
크게 숨 한 번 들이쉬고
적당하게 들숨 날숨을 내쉬고 들이쉬며
살아 보자.
휴 우 우.

무심이란

무심이란
생각도 자유롭게 하고
감정도 자유롭게 하며
그 생각 안에서
허우적거리지 말고
그 생각 안에서
끌려다니지 않아야 한다.

그 생각은 내 생각이며
그 생각은 진실이 아닐 수 있다.

무심이란
생각이 없는 것이 아니라
생각은 하되 허우적거리지 말고
빨리 알아차리는 것

너와 나는 둘이 아니라
너와 나는 하나니까

네 모습이 내 모습이고
네 모습 안에 내 모습이 있으니까.

너라서 고마워

많은 웃음을 주고
많은 희망을 주고

많은 기쁨을 주고
많은 눈물도 주고

많은 기다림도 주고
많은 설렘도 주는 너

내 인생의 소중한 너

다른 말은 생각이 나지 않아.
다른 말은 모르겠어.

그냥 고마워.
너라서 고마워.

내 옆에 있어 줘서 고마워.
소중한 내 사람아.

맑은 호수 같은 사람

산들바람 같은 사람
맑은 호수 같은 사람
동화 속 주인공 같은 사람

장대비에 옷이 젖어도
우산 하나로 어깨 나란히 맞대어
걸을 수 있는 사람

슬픈 영화를 보며
같이 눈물 흘릴 수 있는 사람

드라이브를 하며 신나는 음악에
어깨춤 덩실거리는 사람

뒹구는 낙엽에 가슴 설레는 사람
실수해도 웃어 줄 수 있는 사람

내가 웃으면
더 크게 웃어 줄 수 있는 사람

바닷가를 두 손 잡고 거닐며
아픈 추억 다독여 줄 수 있는 사람

그런 사람이면 좋겠다.
그런 사람이 그대이면 좋겠다.

사랑이란

사랑이란
내 마음을 전하기보다
상대 마음을 알아주는 것

사랑이란
내가 하고 싶은 대로 하기보다
상대가 하고 싶은 것을 알아주는 것

사랑이란
내 입장에서 섭섭해하기보다
상대 입장에서 배려하는 것

사랑이란
내 생각으로 재촉하기보다
상대 입장에서 기다려 주는 것

사랑은 받으려 하기보다
사랑은 주고 싶은 것

사랑은
같이 있고 싶은 것

사랑은
떨어져 있어도
늘 같이 있다는 착각을 하는 것.

10월의 기도

모든 이가
웃을 수 있게 하소서.
행복한 삶이 되게 하소서.
편안한 시간이 되게 하소서.

몸도 마음도 건강하게 하소서.
모두를 사랑하게 하소서.
겸손하며 상대를 인정하게 하소서.

집착에서 벗어나게 하소서.
마음을 다스릴 줄 알게 하소서.

긍정적인 생각을 하게 하소서.
긍정적인 행동을 하게 하소서.
긍정적인 말을 하게 하소서.

서로 융합하게 하소서.
상대를 위한 마음이 되게 하소서.
정신이 깨어 있는 오늘을 살게 하소서.

이런 인연도 사랑일까

간신히 붙잡고 있는
이런 인연도 사랑일까.

가슴에 바람이 부는
이런 인연도 사랑일까.

우수수 떨어지는 낙엽 같은
이런 인연도 사랑일까.

실타래처럼 얽혀 있는
이런 인연도 사랑일까.

천둥 치듯 시끄러운
이런 인연도 사랑일까.

서로를 배려하지 않는
이런 인연도 사랑일까.

이런 인연도 사랑이라면

이런 사랑 너무 아프다.
이런 인연 너무 슬프다.

나이가 들어 간다는 것은

나이가 들어 간다는 것은
하나씩 하나씩
내려놓아야 하는 것

경제에 대한 욕심도
갈 때 가지고 갈 것도 아니고

사람에 대한 집착도
갈 때 같이 갈 것도 아니고

자식에 대한 바람도
갈 때 무거움이 되지 않게
집착하지 않아야 하며
주장도 내세우지 말며

자연스럽게
어른답게 사는 것

나이가 들어 간다는 것은
겨울이 지나고
봄이 오듯이

자연스럽게 툴툴 털어 버리고
가볍게 살아야 하는 것

하나씩 하나씩 내려놓아야 하는 것.

아침 바람 따라온 그대

스산하게 부는 아침 바람이
그대의 발자국인가
귀를 기울이고

얼굴을 스치는 아침 바람이
그대의 손길인가
손을 내밀고

온몸을 감싸 도는 아침 바람이
그대의 사랑인가
마음을 내밀게 되네.

아침 바람 따라
그대도 같이 온 건지

아침 바람 따라
그대 사랑도 같이 온 건지.

미움이 있다는 건

미움이 있다는 건
아직도
내 안에 사랑이 있다는 것

원망이 있다는 건
아직도
내 안에 사랑이 있다는 것

아픈 사랑도
건강한 사랑도
추억이 되어
마음 안에 자리 잡고 있기에

그 사람의 행복을 위해
그 사람의 건강을 위해
그 사람의 사랑을 위해
그 사람의 안녕을 기원하자.

사랑은 떠났지만
사람은 남아 있으니

사랑은 떠났지만
추억은 남아 있으니.

이 좋은 가을에

바람에 이리저리 휘날리며
낙엽들이 향연을 베풀고 있다.

노오란 은행잎도
빠알간 단풍잎도

퇴색된 나뭇잎도
바람 부는 대로 휘날리며
이리저리 춤을 춘다.

바람의 노랫소리와
낙엽들의 춤사위에
신이 난 두 마리의 새가
둥글게 둥글게 원을 그리며
속삭이고 있다.

평화로운 가을이 참 좋다.
여유로운 가을이 참 좋다.

나도 덩달아 노래를 부르며 춤을 춘다.
가을바람도
가을 낙엽도
가을을 노래하는 새들도
가을이 참 좋은 나도

블랙홀 안으로 던져 버리자

나만의 쓰레기통을 만들어
부정이 올라올 때마다 던져 버리자.

미워하는 마음
섭섭한 마음
분노의 마음
충돌되는 마음

불신의 마음
의심의 마음
짜증 나는 마음
불평하는 마음

집착하는 마음
부정의 마음들을
쓰레기통에 버리고 또 버리자.

그래도 또 올라온다면
그 무엇도 빠져나올 수 없는
블랙홀을 만들어
블랙홀 안으로 던져 버리자.

티 없이 살아 보자.
물같이 살아 보자.
자연스럽게 살아 보자.

인생의 답이 수학 공식이라면

인생이 수학 공식처럼
답이 정확히 나올 수 있다면 좋았을까.

일 더하기 일은 이가 되고
일 빼기 일은 영이 답이듯
답이 정확하다면 좋았을까.

그러나 인생은 답이 없다.

일 더하기 일은
이가 될 수도
영이 될 수도
무한대가 될 수도 있기에

그래서 인생은
웃음도 있고
슬픔도 있고
기쁨도 있고
아픔도 있고
낭만도 있고
사랑도 있는 거겠지.

인생의 답은
내가 풀어야 하니까.
각자의 답은 다 각자의 몫이니까.

정신 차리고 웃으며 살아 보자

걱정이 많은 사람은
늘 걱정이 많고

징징대는 사람은
늘 징징대고

우울한 사람은
늘 우울해하고

불행하다는 사람은
늘 불행해하고

모든 것은 내가 결정하는
마음의 습관이다.

오늘 하루도 축복이기에
감사하다 느끼고
행복하다 느끼고
소중하다 느끼자.

내 정신이
내 마음도
내 영혼도
내 육신도 지배하기에
정신 차리고 웃으며 살아 보자.

추억이 나를 살게 한다

풋풋한 시절도 지나갔고
상큼한 사랑도 떠나갔고
그 시절의 나도 떠나왔지만

그 시절의
심쿵하게 했던 마음도
울고 웃게 했던 노래도
소곤거렸던 이야기들도
내 마음 깊이 남아 있기에

가끔은
추억이 나를 살게 한다.
가끔은
추억이 나를 미소 짓게도 한다.
가끔은
눈물 나게 그립다.

가끔은
그 시절의 나와
그 시절의 네가
너무 보고 싶다.

돌고 도는 동그라미 인연

상대를 탓하는 것도
서로 비슷한 점이 있기에
탓하게 된다.

내 앞의 인연을
절대 탓하지 말고
시시비비 가리지 말고
굳어 있지 말고
불편하게 하지 말고
따지지 말자.

내 욕심으로 상대를 대하면
헤어지고 또 헤어지게 된다.

내 못남을 다스리고
자기중심적이고
내 이기적인 모습을 버리고
상대를 위한 마음으로
인연을 대하면
좋은 인연은 내 앞에 와 있을 것이며
내 앞의 인연이 좋은 인연임을 알 수 있을 것이다.

인연도 돌고 도는 동그라미니까.

진흙에 물들지 않는 연꽃처럼

돈에 대한 욕심도
물건에 대한 욕심도
소유하려는 욕심도
사랑에 대한 욕심도
내 안에서 채워지지 않는
공허한 마음 때문이다.

내 마음이 채워지지 않기에
내 마음이 허전하기에
다른 욕심으로 채우려 한다.

욕심이 과하면
화를 부른다 했던가.

진흙에 물들지 않는 연꽃처럼
탁함으로 물들이지 말자.

내 마음을 차곡차곡 채워 보자.
나답게
나답게 살아 보자.

그리움이 더 짙어진다

내 눈에는
온통 너만 보이고

내 손길은
온통 너만 느끼고

내 마음은
온통 너로 가득하며

내 노래는
온통 너에 대한 그리움

난
너에 대한 생각으로
너에 대한 향기로
취하고 있다.

가을이라 그리움이 더 깊어진다.
가을이라 보고픔이 더 짙어진다.

너에 대한 연모로 물들고 있다.

어느 늦은 가을날

가을바람이
싸늘하게 느껴지고

흔들리는
들국화가 가련해 보이고

새들의
노랫소리가 슬프게 들리고

똑 똑 똑
발자국 소리가 멀어지고

떨어지는
낙엽들이 쓸쓸해 보이고

마지막 한 송이 장미꽃이
손을 흔들며 떠날 준비를 하는
어느 늦은 가을날

가을이 가고 겨울이 오려 한다.

내 님은 저 멀리서
손을 흔들며 미소를 짓고 있으나
그 미소는 소리가 없다.

떠날 사람은 떠나고
만날 사람은 만나는 것

이것이 인간사이고
이것이 자연의 순리인 것을

보낼 사람도 웃으며 보내고
떠날 사람도 웃으며 떠나고
만날 사람도 웃으며 만나자.
서로의 안녕을 기원하며.

사랑은 괜찮기에

사랑은 감정이며
사랑은 타이밍이며
사랑은 설렘이며
사랑은 그리움이며
사랑은 보고픔이며

사랑은
이슬비처럼 소리 없이 내려
마음을 적시며

사랑은
사랑의 순간이 멈추길 바라는
간절함이기에

사람은 떠나도
사랑은 내 가슴에 영원히 남는 것

그러기에
우리는 살아가면서
여러 종류의 사랑을 한다.

사랑의 향기를 맡으며
사랑의 추억을 그리며
어제도

오늘도
내일도
사랑은 괜찮기에
사랑을 안고 살아간다.

노오란 물결이 나부낀다

노오란 은행잎이
나비가 되고
새가 되고
바람이 되고
꽃잎이 되고
노래가 되어
지나가는 차에도 인사를 하고
내 유리창에도 쏟아져 내려앉으며
사랑의 노래를 한다.

온통
파란 물감과
노란 물감을 풀어 놓은 듯

내 발밑에도
내 눈에도
내 마음에도
내 손에도
노오란 물결이 나부낀다.

사르르 사르르
소리를 내며 내 마음을 파고들며
노래와 춤을 추는 건

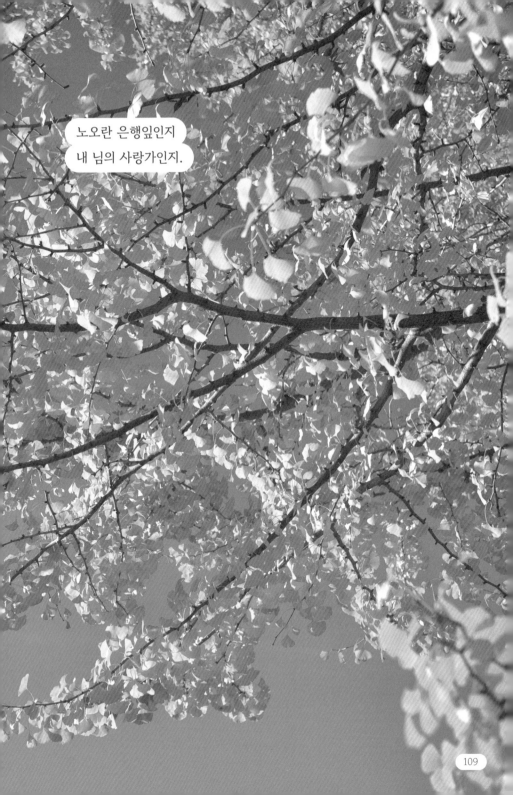

노오란 은행잎인지
내 님의 사랑가인지.

우리의 아름다운 동행의 꿈

하루의 끝을 쓸쓸히 보내며
내일은 웃을 거라 꿈을 꾼다.

떨어지는 낙엽의 허전함을 보며
내일은 행복할 거라 꿈을 꾼다.

행복이라는
꿈을 꾸며 버텨 낸 것은
우리의 사랑이 있었기에
우리의 속삭임이 있었기에
우리의 추억이 있었기에
우리의 웃음이 있었기에

가끔은 평행선을 걷기도 했지만

우리의 동행은
같은 곳을 바라보며
같은 발걸음으로 맞추어 걸으며
같은 손짓으로 표현했기에

내일은 웃을 거란 꿈을 꾼다.
우리의 아름다운 동행을
난 또 꿈을 꾼다.
꿈을 꾼다.

내 인생의 주인공은 나

오늘도
현실을 직시하며 살아 보자.

떠나려는 사람은
떠나는 대로 두고

후회되는 일은
후회되는 대로 두고

지나간 일은
지나가는 대로 두고

상대의 말에
상대의 행동에
휘둘리지 말고
끌려다니지 말자.

내 인생의 주인공은 나
나이니까
주인공답게 살아 보자.
나답게 살아 보자.

현실을 직시하며
넘어지면 일어나면 되니까.
일어나서 걸으면 되니까.

나를 응원해 주자

웃는 척
행복한 척
괜찮은 척

아프지 않은 척
슬프지 않은 척
외롭지 않은 척

울지 않은 척
씩씩한 척
아무렇지 않은 척

땅만 보고 걸었지.
하늘을 올려다보지 못한 채

모든 것은
내가 결정하고
내 마음이 느끼는 것이기에
완벽한 사람은 없기에

나를 인정하고
나를 다독여 주자.

오늘도 있는 그대로

아프면 아픈 대로
외로우면 외로운 대로
지내보자고
나를 응원해 주자.

오늘도 자연스럽게
물 흐르듯이 지내보자고.

이별은 또 다른 만남

반짝이는 작은 별이 생겼다.
유난히 작고 반짝이는 별

이별은
영원히 우리 곁을
떠나는 것이 아니라
영원히 우리 곁에
한 떨기 꽃이 되고
스치는 바람 되고
따스한 햇살 되어
우리 곁에 남아 있는 것

이별은 헤어짐이 아니라
이별은 또 다른 만남으로
우리 마음 깊은 곳으로 자리 잡는 것

이별은 이별이 아님을
또 다른 만남인 것임을.

환하게 웃으며 살아 보자

세상은
내가 보는 대로
내가 보고 싶은 대로
보일 것이고

세상은
내가 듣는 대로
내가 듣고 싶은 대로
들릴 것이다.

행복하다 느끼면
행복할 것이고

불행하다 느끼면
불행할 것이고

감사하다 느끼면
감사할 것이다.

이래도 저래도 살아간다면
감사한 마음으로
행복한 마음으로
웃으며 살아 보자.

내 앞에 그대가 온 것은

내 앞에 그대가 온 것은
나에게 좋은 에너지를 받기 위함이고

내가 그대 앞에 간 것은
그대에게 좋은 에너지를 받기 위함이다.

내 앞의 인연으로 왔다는 것은
서로 아끼고
서로 배려하고
서로 사랑하며
바르게 살아가라는 것

인연법도
콩 심은 데 콩 나고
팥 심은 데 팥 나니

그대와 나는
노을처럼 은은하게
꽃처럼 우아하게
꽃과 벌처럼
서로에게
도움이 되게 살아가라는 것이리라.

꽃다발 선물을 주었는데

꽃다발 선물을 주었는데
받기 싫어 받지 않으면
그 꽃다발은 내 것이 아니고
꽃다발을 준 사람 것이 되며

상처 되는 말을 하는데
받기 싫어 웃어넘기면
그 상처는 내 것이 아니고
상처 준 말을 한 사람 것이 된다.

부정적인 말을 하는데
긍정적으로 받아넘기면
그 부정은 내 것이 아니고
부정을 준 상대 것이 되며

감사의 말을 하는데
감사의 말을 받아들여
더 감사하다 느끼면
감사의 말은 내 것이 된다.

어떤 사람

어떤 사람은 따뜻함이 느껴지고
어떤 사람은 차가움이 느껴지고

어떤 사람은 생각만 해도 웃음이 나고
어떤 사람은 괜스레 마음이 아프다.

어떤 사람은 아련함이 올라오고
어떤 사람은 그리움이 가득하고

어떤 사람은 만나기 싫어지고
어떤 사람은 보고 또 보고 싶어진다.

나는
어떤 사람에게 따뜻함이고 싶다.
어떤 사람에게 그리움이고 싶다.
어떤 사람에게 생각나는 사람이고 싶다.

커피 향기에 그대 그리움이

커피 한 잔에
그대 보고픔도 한 스푼
그대 그리움도 한 스푼
그대 미소도 한 스푼

우리의 사랑도 한 스푼
우리의 이야기도 한 스푼
우리의 추억도 한 스푼

들국화도 띄우고
예쁜 낙엽도 띄우고

부슬부슬 내리는 가을비를 보며
커피 한 잔을 마신다.

커피 잔에 그대 얼굴이
커피 향기에 그대 그리움이
커피 맛에 그대 달콤함이 느껴진다.
오늘따라
그대가 더 그립다.

그대와 나의 동행

그대와 같이 걸으면서도
그대와 발을 맞추기 힘들었던 건
그대의 사랑보다
내 아픔이 더 컸기 때문이고

그대의 이야기를
제대로 듣지 못한 건
그대의 이야기보다
내 아픈 이야기가 더 많았기 때문이고

그대의 따뜻한 손을
제대로 잡지 못한 건
그대의 손보다
내 손이 더 차가웠기 때문입니다.

내 아픔이 크다고
그대를 잊은 적은 없지만
그 마음 읽지 못한 건
아픈 내 마음이 너무 앞섰기 때문입니다.

그대와 나의 동행을 위해
이제는 나의 상처를 지워 볼게요.

내 아픔 앞에 우리의 사랑을
먼저 놓아 볼게요.

바람이 세차게 불던 어느 날

바람이 세차게 불던 어느 날
세찬 바람은
조용히
내 몸을 감싸고 지나갔다.

바람이 지나간 그 자리는
아련함이 덩그러니
텅 빈 공허가 덩그러니
뒤늦은 후회가 덩그러니

그리움이 덩그러니
쓸쓸함이 덩그러니

소리 없는 눈물만 뚝 뚝 뚝
부표처럼 떠 있는
내 안의 많은 생각

그날처럼
오늘도 바람이 세차게 분다.
오늘도 바람이 분다.

추억을 애써 잊었다 한다

오늘 지나면
내일 오는 것

추억은
사랑하며
아파하며
그리워하며
잊혀 간다.

구석진 서랍 안에 넣어 둔 채
보지 않는 일기장의 추억처럼

애써 잊었다 한다.
애써 잊으려 한다.
애써 잊은 줄 안다.
애서 태연하려 한다.
애써 무심한 듯하다.

사실은 잊은 것이 아닌데
사실은 무심한 것이 아닌데

사실은 들춰내지 않을 뿐
내 가슴 구석에 묻혀 있는데

언젠가는 들춰내서
볼 수도 있는데
버릴 수도 있는데
그리워할 수도 있는데.

말의 중심에 나를 두지 말자

말은 해야 할 때 잘 해야 한다.
나는 잘 한다고 하나
상대방이 듣기 싫어
딴전을 피우거나
쓸데없는 말을 하거나

지겨운 말을 하거나
이해되지 않는 말을 하거나

불편해하는 말을 하거나
계산이 들어간 말을 하거나

주장이 강한 말을 하거나
말 같지 않은 말은
입을 닫아야 한다.

가장 친한 사이일수록
친하다는 이유로
상처 되는 말을 쉽게 하게 된다.

말의 중심에 나를 두지 말며
말 같은 말을 하자.
상대를 위한 말을 하자.

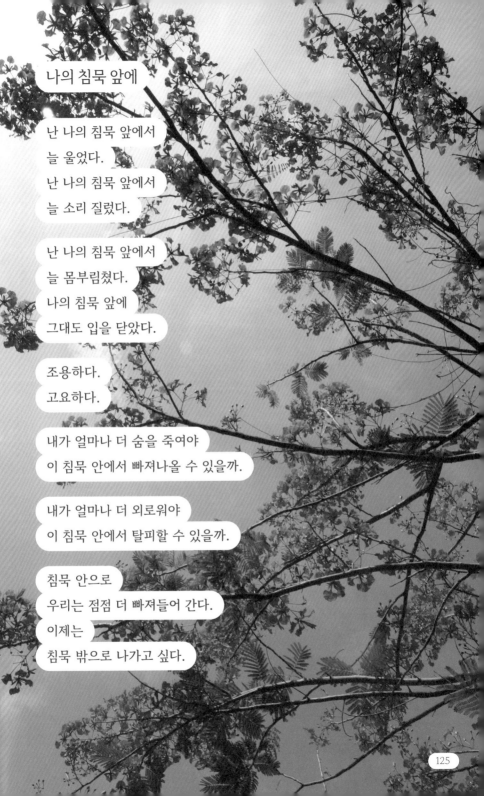

나의 침묵 앞에

난 나의 침묵 앞에서
늘 울었다.
난 나의 침묵 앞에서
늘 소리 질렀다.

난 나의 침묵 앞에서
늘 몸부림쳤다.
나의 침묵 앞에
그대도 입을 닫았다.

조용하다.
고요하다.

내가 얼마나 더 숨을 죽여야
이 침묵 안에서 빠져나올 수 있을까.

내가 얼마나 더 외로워야
이 침묵 안에서 탈피할 수 있을까.

침묵 안으로
우리는 점점 더 빠져들어 간다.
이제는
침묵 밖으로 나가고 싶다.

나이가 든다는 것은

나이가 든다는 것은
은은한 향기가 나는 것이 좋고

나이가 든다는 것은
출렁임보다 잔잔함이 좋고

나이가 든다는 것은
파란 하늘같이 높고 푸르름이 좋고

나이가 든다는 것은
파란 바다 같은 깊고 넓음이 좋다.

바람에 몸을 실어 일렁이는 파도처럼
자연스러움이 좋고

생각만 해도
가슴 뛰는 사람이 있다면 더 좋고

생각만 해도
미소가 절로 번지는 사람이 있다면 더 좋다.

푸른 소나무 같은 사람
멋진 하늘 같은 사람

자연스러움이 멋진 사람

내가 나에게 선물을 하기로 했다

가끔은
지친 나에게 선물을 하기로 했다.

내가 나에게

게으름도 선물하고
나태함도 선물하고

한 아름 안개꽃도 선물하고
한적한 카페에서 쟈스민의 향기도 선물하고

멋을 낸 예쁜 옷도 선물하고
서랍에 숨겨 둔 사랑의 심쿵함도 선물하고

강가에 홀로 앉아 느끼는 쓸쓸함도 선물하고
낙엽을 밟으며 코트 깃을 세운 센치함도 선물하고

클래식한 음악에 발레리나 같은 우아함도 선물하고
영화관에서 먹는 캐러멜 팝콘 같은 달달함도 선물하고

소녀 같은 감성으로 눈물도 선물하고

지친 나에게
이제는 내가 선물을 하기로 했다.
나를 진정으로 사랑하기로
사랑의 선물을 하기로 했다.

차려입은 옷의 단추를 난 늘 어긋나게 꿰었다

나한테 맞는 차려입은 옷을 입고
단추를 난 늘 어긋나게 꿰었다.

어떤 날은 제자리를 찾지 못하고
어떤 날은 아예 채우지도 못하고
어떤 날은 덜렁거리며 떨어지려 하고
어떤 날은 아예 떨어져 버리기도
어떤 날은 아예 잃어버렸다.

멋진 옷에 어울리는 단추를
살 용기도
살 자신도
없이 애만 태웠다.

제자리에 잘 꿰어진 옷과 단추처럼
잘 맞는 인연이고 싶은데

난 너의 인생이고 싶었는데
너의 인생도 나였음 했는데

서로에게 꼭 필요한 존재이고 싶은데

다시 잘 꿰어야 하나.
다시 잘 꿰어 봐야 하나.

나이가 드니 참 좋다

난 내 나이가 참 좋다.
가을 같은 나이
하얀 눈을 기다리는 설렘의 나이

푸릇푸릇한 나이의 나는
앞만 보고 달렸기에
하늘의 푸르름도
대지의 온유함도
바다의 넓은 포옹도
들꽃의 향기도
느끼지 못한 채
달리기만 한 시간들이었다.

왜 그리 조급해했는지
왜 그리 마음이 좁았는지
왜 그리 내가 그은 선 안에서 벗어나면
동동거리며 채찍질했는지

나이가 드니 참 좋다.

세상의 향기도 느끼고
소통이 되면 나이 필요 없이
친구가 될 수 있는 지금이 좋다.

우리의 사랑을 맨 앞에 두기로 했다

세찬 바람이 날 흔들어도
내 안에 있는 너를
꼭 붙잡고 있기로 했다.

아픈 상처가 날 울려도
내 안에 있는 너의 사랑을
믿기로 했다.

떨어지는 낙엽이 날 울려도
책갈피에 고이 넣어 둔
낙엽을 보며 웃기로 했다.

사랑한다던 너의 눈빛을
처음 만났던 그 설렘을
아픔 앞에 두기로 했다.
미움 앞에 두기로 했다.
상처 앞에 두기로 했다.
눈물 앞에 두기로 했다.

우리의 사랑을
맨 앞에 두기로 했다.

또 그렇게 살아 보기로 했다.
또 그렇게 살아 보기로 했다.

그대도 많이 아팠을 텐데 나만 아픈 줄 알았네

파르르 떨고 있는 손을
꼭 잡아 준 그대

뚝 뚝 떨어지는 눈물을
말없이 닦아 주던 그대

떨고 있는 어깨를
토닥여 주던 그대

힘이 풀려 주저앉으면
묵묵히 기다려 주던 그대

삶이 힘들어 포기하고 싶을 때도
끝까지 손 놓지 않던 그대

토닥거리면서도
끝까지 내 옆자리를 지켜 준 그대

그대도 많이 아팠을 텐데
나만 아픈 줄 알았네.

그대의 아픔 이젠 내가 어루만져 볼게요.
나만큼 많이 아팠을 그대를
나만큼 눈물 흘렸을 그대를.

이젠 네 어깨 기대도 되겠니

혼자 아파하고
혼자 슬퍼하고
혼자 울다 지치고
혼자 그리워하고
혼자 쓸쓸해하고
혼자 포기하고
혼자 주저앉았다.

아무도 없는 듯

내 옆에 넌 늘 있었는데
내 눈에는 네가 왜 보이지 않았는지
내 마음은 늘 텅 빈 공허만 가득했는지
난 왜 그리 조급해했는지

이젠 네가 보여.

이젠 네 손 잡아도 되겠니.
이젠 네 어깨 기대도 되겠니.
이젠 네 사랑 받아도 되겠니.
지금 그래도 되겠니.

내 옆에 네가 있어 참 좋다

아침마다 마음을 노크하며
인사 건네던 너
울고 있을 때마다 화사한 웃음으로
인사 건네던 너
좌절할 때마다 어깨 토닥이며 용기를 주며
인사 건네던 너

나보다 더 아파하던 너
나보다 더 사랑한다던 너

가끔은
달달한 멘트로 날 심쿵하게 하던 너
가끔은
질투 어린 어리광으로 날 웃게 한 너

내 옆에 네가 있어 참 좋다.
내 옆에 네가 있어 참 다행이다.
내 옆에 네가 있어 참 고맙다.

서로 튀지 않는 색깔로 은은하게 섞여 보자

난 하얀색 물감으로
넌 빨간색 물감으로
꽃을 색칠하면
분홍빛 예쁜 꽃이 피어나고

난 하얀색 물감으로
넌 초록색 물감으로
잎을 색칠하면
연둣빛 멋진 잎이 돋아나고

난 하얀색 물감으로
넌 푸른색 물감으로
푸른 하늘을 색칠하면
푸른 하늘에 뭉게구름이 둥실둥실

가끔은
나도 하얀색 물감으로
너도 하얀색 물감으로
첫눈처럼
세상을 하얗게도 몽실몽실

서로 튀지 않는 색깔로
은은하게 우리 섞여 보자.

우리는 서로 보는 시야가 다르다

우리는 서로
보는 시야가 다르다.
느끼는 감정도 다르다.

빨간 안경을 끼고 세상을 보면
세상도 빨갛게 보이고
상대도 빨갛게 보이고
투영된 자신도 빨갛게 보이기에
자신이 보이는 것이 맞다고
주장하고 고집을 부린다.

그대 시야로 보면
그런 그대가 틀린 것은 아니지만
세상도 상대도 빨갛지만은 않다.

나와 다른 그대를
있는 그대로 인정하는 것도
있는 그대로 받아들이는 것도
참 힘들다.

세상은 여러 가지 색깔로 보이는데
빨간 안경을 벗으면 되는데

그런 그대를 보는 것이 참 힘들다.
그런 그대를 보는 것이 참 아프다.

첫눈 내리면

첫눈 내리면
저마다 그리움 한 아름 안고
첫눈 오는 거리를 서성입니다.

첫눈 내리면
가슴 깊이 숨겨 둔
첫사랑을 그리워하며
첫눈 오는 거리를 서성입니다.

첫눈 내리면
어린아이처럼
맑고 밝은 순한 눈빛으로
첫눈 오는 거리를 서성입니다.

첫눈 내리면
그대의 손을 잡고
영화의 한 장면 속 주인공이 되어
첫눈 오는 거리를 서성입니다.

첫눈 내리면
첫눈 내리는 날에는
첫눈 오는 거리를 서성입니다.

내 마음이 걸려 있다

앙상한 나뭇가지 사이로
걸쳐 있는 햇살에도
내 마음이 걸려 있고
찬 바람이 불고 간 끝자락에도
내 마음이 걸려 있다.

그대의 다정한 몸짓에도
내 마음이 걸려 있고
그대의 속삭이는 말에도
내 마음이 걸려 있다.

흰 눈 사이로 빨갛게 떨고 있는
가시 잃은 장미꽃에도
내 마음이 걸려 있고
지저귀는 새들의 슬픈 사랑가에도
내 마음이 걸려 있다.

생각 너머에는 행복이 손짓하니까

나의 눈물과
나의 슬픔과
나의 괴로움과
나의 아픔들
느끼면서
보면서
실상은 제대로 보지 못했네.

한 발짝 물러나면 잘 보일 텐데

그 안에 갇혀서 나오질 못하고
늘 동동거리기만 했네.

한 발짝 물러나서 보는 것이
이리 힘든지
한 발짝 물러나서
내 편견 안에 갇히지 말고
있는 그대로 보는 것이 이리 힘든지

이젠 있는 그대로 행복해지자.
이젠 있는 그대로 사랑하자.

생각 안에 갇히지 말자.

생각 너머에는 아름다움이
생각 너머에는 행복이 손짓하니까.

적당한 삶을 살아 보자

하얀 눈도 적당히 내려야
뽀드득 눈을 밟고
러브 스토리를 생각하며 추억에 젖어 드는
낭만에 빠져들고

쏟아지는 비도 적당히 내려야
빗방울 수 헤아리며
조용한 차 안에서 빗소리 오롯이 느끼며
낭만에 젖어 들고

사람에 대한 관심도
지나치지 않게 적당해야
집착과 욕심이 아니라
소중한 위로와 사랑이 된다.

폭설로 자연은 우리에게
넘치지 않는
적당함의 아름다움과 여유를
보여 주듯이

넘치지 않는
적당함으로 살아 보자.
적당한 삶을 살아 보자.
적당함의 삶을.

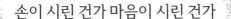

손이 시린 건가 마음이 시린 건가

따뜻한 장갑을 껴도
손이 시리다.
손이 시린 건가.
마음이 시린 건가.

따뜻한 양말을 신어도
발이 시리다.
발이 시린 건가.
가슴이 시린 건가.

따뜻한 이불 안에
몸을 돌돌 싸고 있어도
몸이 시리다.
몸이 시린 건가.
영혼이 시린 건가.

내 안에 나를 묶어 두었다

난 내 안에 나를 묶어 두었다.
누군가에 의해 묶인 줄 알았는데
나 스스로 묶인 줄을 몰랐었다.

아침에 일어나 커피 한 잔으로
점심은 맛난 식사의 푸짐함으로
저녁은 우유와 시리얼로
피곤하면 달달한 커피 한 잔으로

일상을 한 번쯤은 벗어나고 싶어도
늘 상상의 나래로 꿈만 꾸었다.

혼자 멍이 들도록 아파하고
혼자 가슴 시리게 외로워하고
혼자 눈물 훔치며 그리워하고
혼자 빗소리 들으며 쓸쓸해하고

누군가가 묶어 두었다 생각했는데
내 안에 나 스스로 나를 묶어 두었었다.

내 마음 안에 있는 너라는 꽃

볼수록 참 예쁘다.
가까이서 봐도 예쁘고
멀리서 봐도 예쁘다.

사랑의 고백
영원한 사랑
변하지 않는 우정
순수한 마음

눈을 감고 향기를 느끼니
어린아이처럼
푸른 잔디밭을 뛰놀고
나비들이 춤을 추며
산들바람 살랑살랑
자연의 세계에 빠져든다.

그러나
내 눈에 보이는 예쁜 꽃보다
더 예쁜 것도 있다.
내 마음 안에 있는
너라는 꽃.

동전의 양면같이 살아가는 사람들

슬픈 눈을 가진 사람이 웃고 있다.
가슴엔 눈물을 가득 머금고
웃음 뒤에 눈물을 숨긴 채
슬프게 웃고 있다.

쓸쓸한 마음을 가진 사람이 미소 짓고 있다.
마음엔 외로움을 가득 안고
미소 뒤에 쓸쓸함을 숨긴 채
쓸쓸한 미소를 짓고 있다.

외로운 가슴을 가진 사람이 밝게 말을 하고 있다.
가슴엔 그리움을 가득 안고
밝음 뒤에 어두움을 숨긴 채
얼룩진 모습으로 밝게 말하고 있다.

동전의 양면같이 살아가는 사람들
나도 그 속에 떠밀려
옷자락이 얼룩진다.

나는 지금 그대로 있는데

우울함도 인연 따라 지나가고
불안함도 인연 따라 지나가고
두려움도 인연 따라 지나가고
외로움도 인연 따라 지나가고
쓸쓸함도 인연 따라 지나가고
그리움도 인연 따라 지나가고
눈물도 인연 따라 지나가고
웃음도 인연 따라 지나간다.

인생은
인연 따라 왔다
인연 따라 가는 것

어릴 때 나도
젊을 때 나도
그때의 나도
그 시절의 나도 지나갔지만

지금의 나는
나는 지금 이대로인데.
나는 지금 여기 있는데.
나는 지금 그대로 있는데.

무심한 듯 살아 보리라

바람 불면 바람 부는 대로
비 오면 비 오는 대로

보고프면 보고픈 대로
그리우면 그리운 대로

쓸쓸하면 쓸쓸한 대로
외로우면 외로운 대로

우리의 소중한 속삭임
우리의 소중한 추억
묻어 둔 채로
돌아보지 말고
무심한 듯
그렇게
무심한 듯 살아 보리라.

그러다 지치면
마음을 대신할 노래 들으며
한 번 울고 나면 지나가겠지.
무심히 지나가겠지.

또 그렇게 지나가겠지.
또 그렇게 지나갈 거야.

눈물도 인연 따라 오고 가는 것

우울함도 인연 따라 오고
불안함도 인연 따라 오고

두려움도 인연 따라 오고
외로움도 인연 따라 오고

쓸쓸함도 인연 따라 오고
그리움도 인연 따라 오고

행복도 인연 따라 오고
웃음도 인연 따라 오고
눈물도 인연 따라 오고 가는 것

삶은
인생은
인연 따라 오고 가는 것

어릴 때 나도
젊을 때 나도
어제의 나도
그 시절의 나도 지나갔지만

지금의 나는
지금 여기 있는데.
지금 그대로 있는데.

나이가 들면 감정도 무딜 거라 생각했다

모든 걸
다 이겨 낼 나이라 생각했다.
무덤덤한 나이라 생각했다.

나이가 들면
감정도 무딜 거라 생각했다.

그러나
여전히 아픈 건 아프다.

아픔을 이겨 낼 거라 큰소리쳐도
여전히 감정은 남아 있다.
오랫동안 또 아파할 것 같다.

이젠 알 것 같다.
나이가 들어도
나이가 더 들어도
아픔은 여전히 아프다는 것을

아픔을
깊은 주름 안으로 감추고 있다는 것을
쓸쓸한 웃음으로 표현한다는 것을
애써 아프지 않은 척한다는 것을.

서로 말을 하지 않아도

서로 말을 하지 않아도
무엇을 말하려는지 알 것 같고

서로 눈빛 주고받지 않아도
무엇을 원하는지 알 것 같고

서로 손 마주 잡지 않아도
무엇을 전하는지 알 것 같고

서로 마음을 보여 주지 않아도
무엇을 보여 주려는지 알 것 같다.

구름은
무심히 흘러가는 듯하지만
모두를 포옹하고

줄기 끝에서 피어난 꽃들도
흔들리면서 피어나지만
모두를 사랑하듯이

우리도 흔들리는 것이 아니라
서로 사랑하는 것이리라.

인생은 쓴 아메리카노를 한 잔 마시는 것과도 같은 것

인생을 살다 보니
좋아했던 사람도 있었고
사랑했던 사람도 있었고
미워했던 사람도 있었고
싫어했던 사람도 있었고
그리워한 사람도 있었고

따뜻한 손 내미는 사람도 있었고
따뜻한 손 잡아 준 사람도 있었고

용서해야 할 사람도 있었고
용서받아야 할 사람도 있더라.

인생은
만나고 헤어지고
사랑하고 이별하고
돌고 돌아오는 부메랑 같은 것을

인생은
쓴 아메리카노를
한 잔 마시는 것과도 같고
달달한 카페라테를
한 잔 마시는 것과도 같다는 것.

난 너의 뒷모습만 보였어

난 너의 뒷모습만 보았어.
할 말을 다 하지 못하고
멀어져 가는 쓸쓸한 그림자를

난 너의 뒷모습만 보였어.
외로움을 끌어안고
뚝 뚝 떨어지는 눈물을 참으며
하늘만 쳐다보는 것을

난 너의 뒷모습만 보였어.
겨울 들판에 하얀 공룡알같이
부표처럼 떠 있는
외로운 곤포 같은 너를

이젠 뒷모습만 봐도
네 얼굴이 보여.
네 마음이 보여.

애써 웃으려 한다는 것도
애써 무심한 척한다는 것도
애써 돌멩이를 툭 툭 치는 것도.

우리 서로 괜찮은 사람이 되어 보자

차가운 아침 바람에
너의 향기도 같이 왔다.
생각만으로도 웃음이 나고
생각만으로도 행복해지는
우리는 스치는 인연이 아니라
전생부터 이어진 필연일 거야.

서로에게 따뜻한 손 내밀고
서로에게 용기를 줄 수 있고
서로에게 희망도 줄 수 있고
서로를 응원할 수 있고
서로를 다독여 줄 수 있는
우리는 하나인 거야.

우리 서로
괜찮은 사람이 되어 보자.
우리 서로
생각나는 사람으로 살아 보자.
우리 서로
사랑하며 살아 보자.
우리 서로
그렇게 살아 보자.

152

나의 사랑법으로 당신을 사랑하나 봅니다

사랑하는 사람 앞에서는
사랑한다는 말을 하지 못합니다.
사랑이 시샘하여 달아날까 봐

좋아하는 사람 앞에서는
좋아한다는 말을 하지 못합니다.
사랑이 질투하여 달아날까 봐

사모하는 사람 앞에서는
그냥 웃기만 할 뿐입니다.
웃는다는 건 행복하다는 것이고
웃는다는 건 사랑한다는 것이니까요.

그는 웃는 것도 예쁘고
그는 가만히 있어도 예쁘고
그는 그 자체로 빛이 나니까요.

나 그렇게 당신을 사랑하나 봅니다.
나의 사랑법으로
나 당신을 사랑하나 봅니다.

그는 사랑을 하면서도 외로워했다

그는
모든 것을 가진 풍부함 속에서도
늘 외로움에 떨었다.

그는
많은 사람 안에 있으면서도
늘 쓸쓸함에 눈물 떨구었다.

그는
풍요 속에 살고 있으면서도
늘 갈증에 허덕이고 있었다.

그는
고기를 먹으면서도 배고파했고
물을 마시면서도 목말라했고
사랑을 하면서도 외로워했다.

그는
마음이 공허한 것일까.
영혼이 공허한 것일까.

그는
늘 그랬다.
그의 친구도 그랬다.
그 옆 친구도 그랬다.

그런 사람이 우리라면 좋겠다

차가운 바람 맞으면서
따뜻한 차 한잔 마실 수 있는
웃을 수 있는 우리

밤하늘 별을 세면서
별 하나하나에 추억을 새길 수 있는
의미 있는 우리

지나간 추억 회상하면서
웃음과 눈물을 다독거려 줄 수 있는
토닥거리는 우리

옛 추억의 노래 들으며
같이 흥얼거리고 어깨춤 추며
공감할 수 있는 우리

그런 사람이 나라면 좋겠다.
그런 사람이 너라면 좋겠다.
그런 사람이 우리라면 좋겠다.

금방 괜찮아질 거야

괜찮아.
아파도 괜찮아.
피하려 하지 말고
도망가려 하지 말고
마주 보면 되는 거야.

괜찮아.
넘어져도 괜찮아.
깁스해도 괜찮아.
절룩거려도 괜찮아.
불편할 뿐이야.
짜증 내지 말고
슬퍼하지 말고
마주 보면 되는 거야.

아픔도
내게 오는 이유가 있을 거야.
천천히 가면 되는 거야.
마주 보고 웃으며 가다 보면
금방 괜찮아질 거야.
괜찮아.

지나치지 않은 적당함으로

관심도 지나치면 관심이 아니고
표현도 지나치면 표현이 아니고
아픔도 지나치면 아픔이 아니고
사랑도 지나치면 사랑이 아니다.

아무리 예쁜 장미꽃도
가시에 찔리면 상처가 되고
바람도 지나치게 불면
흔들리고 뿌리째 뽑힐 수 있다.

지나치는 사랑은 집착이 되듯
지나치지 않게 살아야 한다.
적당하게 살아야 한다.

사랑도
관계도
지나치지 않은 적당함으로.

자꾸만 작아지는 나의 부모님

조그마한 걸림돌에도 걸려 넘어지고
마주 잡은 두 손도 떨리고
쳐다보는 눈빛도 흔들리고

잘 듣지 못해 동문서답하고
고기도 잘게 잘라야 겨우 조금 드시고
밥맛이 없다 아기 같은 투정도 부리고

자식들이 눈앞에 없으면 불안해하면서도
늘 자식 걱정으로
조심히 다녀라.
밥은 잘 챙겨 먹어라.
피부 관리도 해라.
차 조심해라.
걱정하시는 나의 부모님

자꾸만 작아지는 나의 부모님
나보다 더 작아지셨지만
내 마음 안에 있는 당신은
너무나 큰 산이십니다.

어머니 아버지
당신은 사랑입니다.

국화차 향기가 그립다

번개 천둥이 치더니
장대비가 내린다.
나갈 수가 없다.
무섭기도 하다.
눈물이 난다.

장대비 그치고 나면
해가 뜰 거라
바람이 속삭인다.

출렁이던 파도도 잔잔해질 거라
조용히 기다려 보라 한다.

미움과 사랑
근심과 불안
그리움과 쓸쓸함
다 지나간다고
다 지나갈 거라고

오늘따라
국화차 향기가 그립다.
바다 내음이 그립다.
옛 친구가 그립다.

마음에도 신호등이 있다

마음에도 신호등이 있다.
파란불이 오면 건너고
빨간불이 오면 정지
노란불은 상황에 따라
마음의 신호등을 살피며 걷자.
브레이크도 적절히 사용하며

빨간불이면
가려고 하지도 말고
궁금해하지도 말고
생각도 하지 말고
그리워하지도 말고
멈춰 서자.

같은 곳을 바라보고
같은 곳을 발맞추어 걷는다면
액셀을 자연스럽게 밟아 보자.

마음의 브레이크를 밟을 줄 알아야
덜 아프고
덜 힘들 테니까
적당한 거리에서
적당한 관계로
마음의 액셀과 브레이크를 밟아 보자.

오늘도 빛나게 살아 보자

준비 없는 만남
준비 없는 이별
우리는 살아가면서
늘 만남과 이별을 한다.

어제와의 이별도
오늘과의 만남도

앙상한 나뭇가지는
비워야 다시 채울 수 있음을

지저귀는 새들의 종알거림은
자연의 순리를 보여 준다.

가는 님은 야속하지만
오는 님은 설레듯이

자연스럽게
내 몸을 감싸 도는 바람을 느끼며
살아 있음에
사랑할 수 있음에
오늘도 빛나게 살아 보자.

그대 그 자리에 그대로 있으소서

그대 떠나는 길 잊어버리라고
어둠이 짙게 내려앉는다.

그대 오는 길 잊어버리라고
어둠이 짙게 내려앉는다.

그대 오지도 말고
그대 가지도 말고
그 자리에 그대로 있으소서.

그대 보고프면
그대 그리우면

내가 그대 몰래
바람 되어 스치고 오려니
내가 그대 몰래
커피 향 되어 스치고 오려니.

오늘도 묵묵히 살아 보리라

앙상한 나뭇가지를
휘몰고 지나가는
겨울바람을 느껴 본다.

창문을 열어 보니
나를 반겨 주는 새 한 마리
종알대며 사랑 이야기를 들려준다.

겨울이면 떠오르는 노래
님이 불러 주던 노래를
혼자 들으며 중얼거린다.

친구가 아침 인사를 건넨다.
나도 같이 소식을 전한다.

봄을 기다리는 다 내려놓은 나무처럼
나도 묵묵히 살아 보리라.
순리대로 자연스럽게
오늘도 묵묵히 살아 보리라.
오늘도
내일도.

기억나니 우리 학창 시절

기억나니.
우리 학창 시절
쳐다보기만 해도
얼굴 붉어지던 너와 나

편지 주고받으며
설레기만 했던 너와 나

체육 시간 쳐다보다
줄을 이탈하여
운동장 가운데서 엎드려 벌을 서면서도
마냥 웃었던 너와 나

개울물을 건너며 내민 손을
부끄러워 잡지 못하고 건너다
빠져도 좋았던 너와 나

우리 그땐 그랬지.
넌 지금 잘 살고 있겠지.
가끔은 너도 나 생각나니.

난 그때의 너와 나를
만나러 살며시 갔다 오는데.
그 운동장에는 순수한 우리가 있는데.

사는 게 힘들 때

사는 게 힘들 때
고마운 것만 생각하기로 했다.

그래도 사는 게 힘들 땐
사랑하는 사람을
생각하기로 했다.

그래도 힘들 땐
가슴속에 묻어 둔 그리움을
꺼내 보기로 했다.

그래도 더 힘들 땐
오늘이 마지막이라
생각해 보기로 했다.

사는 게 정말 힘들 땐
좋은 일에 집중하기로 했다.
천천히 걸어 보기로 했다.

사는 게 너무 힘들 때
나를 사랑하기로 했다.
그렇게 해 보기로 했다.

인연이었을까

인연일까.
인연이었을까.
그래도 인연일까.

아쉬움을 가득 담고
눈물을 가득 담고

그리움도 한 바구니
서러움도 한 바구니

이런 인연도 인연일까.
아픈 인연도 인연일까.

아프게 할 인연이라면
우리 다음에는
스치지도 말자.

스치더라도 모른 채
그냥 지나치자.

흘러갈 인연은 흘러가는 대로
붙잡지 말자.
눈길도 주지 말자.

꼭 꽃이어야 할 이유는 없어

난 꽃을 좋아했어.
언제부턴가 꽃을 그리기 시작했어.
꽃이 떨어지기 전에는
꽃만 보였고
꽃만 보았어.

꽃을 보고 감탄하고
꽃을 보고 행복해하며
꽃을 보고 사랑을 느꼈어.

근데 말이야.
몰랐던 사실을 알았어.
예쁜 꽃도 꽃잎 꽃줄기가 없이는
꽃을 피울 수가 없다는 것을.

꽃이 지고 나서야
네 모습이 보이기 시작했어.
아무도 몰라줘도
넌 묵묵히 그 자리에 있었다는 것을.

근데 알고 있니.
넌 꽃이 아니어도 괜찮아.
꼭 꽃이어야 할 이유는 없어.
넌 너대로 너무 멋지니까.

넌 메타세쿼이아의 숲길이더라

함께 있기만 해도
어우러지고
함께 있기만 해도
웃게 되고
함께 있기만 해도
따뜻해지고
함께 있기만 해도
좋은
넌
너는 사랑이더라.

있는 자체로 쉼이 되고
있는 자체로 치유가 되고
있는 자체로 편안해지는
넌
메타세쿼이아의 숲길이더라.

하루하루 웃는 척하다
나만의 동굴로 숨어 들어갈 때
동굴 밖으로 꺼내 주기도
동굴 안에서 같이 있어 주기도 하는 넌
사랑이더라.

너도 이젠
쉬고 싶을 땐 쉬고
웃고 싶을 땐 웃고
울고 싶을 땐 울고
그래도 돼.

너무 숨죽이지 않아도 돼.
나를 위해 살지 않아도 돼.

바람 불어 좋은 날

바람이 꽤 차갑다.
머릿결 사이사이로
반쯤 뜬 눈 사이로
코끝을 스치며
바람이 춤을 춘다.
장난꾸러기 아이 같은 모습으로

바람이 나를 부른다.
그 바람의 손길에
나를 맡겨 본다.
바람에 이끌려 덩실덩실 춤을 춘다.

바람 불어 좋은 날
마음은 봄바람이 분다.
눈을 감고 온전히 바람을 느낀다.

바람이 불어도 좋은 날이다.

이별은 떨어지는 꽃잎과 같아

우리 어쩌면 사랑하는지 몰라.
만나지 않아도
늘 보고 싶고
늘 물음표이고
늘 같이 있다는 느낌이고
늘 네 생각으로 가득하니까.
그래서
사랑은 피어나는 꽃잎과 같아.

우리는 어쩌면 이별했는지 몰라.
늘 안타깝고
늘 같이 있지 못하고
늘 무심한 듯하고
늘 쉼표이고
늘 네 생각으로 마음 아프니.
그래서
이별은 떨어지는 꽃잎과 같아.

영원한 사랑도
영원할 것 같은 사랑도
꽃잎과 같은 거야.

눈 녹듯이 마음 녹는 나

친구들과 떠들고
지인들과 웃고
동료들과 소통하다
혼자가 되면 외로워하는 나

진심 어린 한마디에
관심 어린 표정에
나눌 수 있는 연결 고리에
눈 녹듯이 마음 녹는 나

혼자가 되면
밀려오는 쓸쓸함에 눈물 흘리고
그리움에 마음 시려 이불 덮으며
외로움으로 살아가는 나

난
눈 오는 날 만든 눈사람 같고
햇살 비추면 녹아내리는 눈사람 같아.

내 안에 내 님이 있잖아요

슬퍼하지 마세요.
파아란 하늘이 있잖아요.

우울해하지 마세요.
꽃들이 웃고 있잖아요.

외로워하지 마세요.
수만 개의 바람이 있잖아요.

그리워하지 마세요.
내 안에 내 님이 있잖아요.

보고 싶어 하지 마세요.
햇살이 눈부시잖아요.

감사하세요.
오늘도 웃을 수 있으니까요.

행복해하세요.
오늘이라는 하루가
안개꽃 다발처럼 왔으니까요.

오늘은 안개꽃 한 다발 안고서
그대를 마중 갈 겁니다.

그러니 괜찮아

작은 돌멩이에도 걸려 넘어지고
보도블록에도 걸려 넘어지고

제 발에 걸려 넘어지고
무심코 길을 걷다 걸려 넘어지고

하늘의 푸르름에 취해 걸려 넘어지고
네 향기에 취해 걸려 넘어지고

그래도 괜찮아.
그래도 괜찮아.

넘어진 김에 잠시 쉬면 되니까.
넘어진 김에 초콜릿 달달함도 느껴 보면 되니까.

잠시 눈을 감고 그리워해도 되니까.
동화 속 주인공이 되어 보면 되니까.
백마 탄 왕자를 기다리면 되니까.

그러니 괜찮아.
그러니 괜찮아.

상대의 못남도 내 안의 내 모습

상대의 말이 듣기 싫은 건
내 안의 내 말이 싫은 거고

상대의 행동이 거슬리는 건
내 안의 내 행동이 거슬리는 것이고

상대의 웃음이 싫은 건
내 안에 웃음이 없기 때문이리라.

상대한테 보이는 못난 모습은
내 모습의 못남이 거울처럼 투영된 것이리라.

상대를 보고 나를 알 수 있듯이
보이는 대로 보고
들리는 대로 듣고
느끼는 대로 느끼는
내 안에서 일어난 내 마음인 것이다.

상대의 못남도 내 안의 내 모습
상대의 예쁨도 내 안의 내 모습이리라.

내 착각이었을까

내 착각일까.
넌 언제나 그 자리에
있을 것만 같았어.

내 착각일까.
넌 언제나 그 자리에서
손잡아 줄 것 같았어.

내 착각일까.
넌 언제나 그 자리에서
반겨 줄 것 같았어.

내 착각일까.
넌 언제나 그 자리에서
웃어 줄 것 같았어.

내가 다른 곳을 보더라도
내가 다른 길을 걷더라도
넌 언제나 내 옆에 있을 줄 알았어.
넌 언제나 내 편이 되어 줄 줄 알았어.

내 착각이 아니면 좋겠어.
네 자리는 늘 내 옆이면 좋겠어.
내 자리도 늘 네 옆이면 좋겠어.

내 인생에서 난 사랑이니까

세상의 주인공이
내가 될 필요는 없어.
세상을 다 가지고 싶다는 생각도
하지 마.
사랑을 다 갖고 싶다는 생각도
하지 마.
세상은 지금 이대로 잘 돌아가고 있으니

내 인생을 누군가에게 이끌려 다니지 말고
내 사랑도 내가 원하는 사랑만 하면 되는 거야.
내 인생에서 난 주인공이고
내 인생에서 난 일 등이고
내 인생에서 난 사랑이니까.

하나씩 못을 빼는 중이야

언제부터였는지
어느 순간부터였는지
힘들 때마다
아플 때마다
우울할 때마다
내 가슴에 못을 하나씩 박기 시작했었지.
쿵 쿵
쾅 쾅
피가 나고
찔리고
팅겨 나가는 못으로
아파 울면서도
아픈 척하지 않고 못을 박았지.

그러나
이젠
하나씩
하나씩
못을 빼는 중이야.
못을 뺀 자리의 흉터엔
예쁜 꽃도 걸고
예쁜 액자도 걸고
내 사랑도 걸고

내 웃음도 걸고
햇살도 걸고
뭉게구름도 걸고.

눈물아 너는 알고 있니

달빛아 너는 알고 있니.
별빛아 너는 알고 있니.
이 어둠 속에서의
우리 사랑을

구름아 너는 알고 있니.
바람아 너는 알고 있니.
이 고요 속에서의
그대 그리움을

눈물아 너는 알고 있니.
추억아 너는 알고 있니.
이 쓸쓸함 속에서의
그대 보고픔을.

너만 생각하면

너만 생각하면
자꾸만 웃음꽃이 피어나.

너만 생각하면
자꾸만 따뜻한 바람이 불어와.

너만 생각하면
자꾸만 기분이 좋아져.

너만 생각하면
자꾸만 궁금해져.

너만 생각하면
살아 있음에 감사하게 돼.

너만 생각하면
온통 세상이 무지갯빛이야.

너만 생각하면
이게 사랑일까.

넌 그래.
나한테 넌 그래.

잊는다고 잊히는 게 아니더라

지나간 추억은
잊는다고 잊히는 게 아니더라.
지나간 아픔도
애써 잊었다 했지만 잊히는 게 아니더라.

시간이 지날수록
보고픔도 더 깊어지고
그리움도 더 짙어지고
쓸쓸함도 더 깊어지니

지나간 추억을
애써 잊었다 하지 말고
애써 잊으려 하지 말고
그냥 묻어 두고
가끔씩 그리울 때
가끔씩 꺼내 보자.
추억 안에는 우리가 있으니.
반창고를 붙이고 살아온 날들

아등바등 살아온 날들
꿈을 포기하고
감정을 숨기고
사랑도 무심한 듯

노래는 누군가의 삶의 이유가 되기도

노래는 누군가의 삶의 이유가 되기도 하고
노래는 누군가에게 용기가 되기도 하고

노래는 누군가에게 감동이 되기도 하고
노래는 누군가에게 사연이 되기도 하고

노래는 누군가에게 위로가 되기도 하고
노래는 누군가에게 설렘이 되기도 하고

노래는 누군가에게 따뜻함이 되기도 하고
노래는 누군가에게 추억이 되기도 하고

노래는 누군가에게 이별이 되기도 하고
노래는 누군가에게 사랑이 되기도 한다.

그래서
노래를 들으면 흥얼거리게 되고
노래를 들으면 눈물을 흘리게도 되는

노래는 우리의 삶이 되기도
노래는 우리의 인생이 되기도 한다.

손이 손을 잡으려 한다

오래 잡고 싶었던 손을
이젠 놓아야 한다.
그런 경우도 있더라.

빨리 놓고 싶었던 손을
아직도 잡고 있다.
그런 경우도 있더라.

잠시 스치는 손을
잡지도 놓지도 못하고 있다.
그런 경우도 있더라.

이젠
잡은 손을 놓아야 한다.
움켜쥐고 싶었던 손을 놓아야 한다.
서로의 안녕을 위해
그런 경우도 있더라.

손이 손을 놓으려 한다.
손이 손을 잡으려 한다.

그리우면 그리운 대로

그리워도 그립다 말 못 하고
보고파도 보고 싶다 말 못 하고
그대 그리움이
가슴 가득 무지갯빛으로
채색되어 갑니다.

그리워할 수 있는 그대가 있기에
그리워할 수 있는 그대이기에
그대 그리움이
마음 가득 핑크빛으로
채색되어 갑니다.

찬 바람 부는 오늘 같은 날에는
힘들게 붙잡고 있던
마음이
그대에게로 또 달려갑니다.

애써 그리워하지 않았다 하지 않고
애써 잊었다 하지 않고
그리우면 그리운 대로
그리워하렵니다.
그렇게 살아 보렵니다.

내 옆에 있어 준 너라서 고마워

넌 내게 기쁨이야.
넌 내게 행복이야.
넌 내게 희망이야.
넌 내게 자랑이야.
넌 내게 사랑이야.

너만 생각하면
자꾸 웃음이 나와.
너만 보고 있으면
자꾸 웃게 돼.

너의 맑은 미소
너의 밝은 에너지로
난 자꾸 행복에 빠지곤 해.

너의 환한 미소
너의 편안한 모습에
난 푸른 초원에서 뛰어놀기도 해.

너라서 고마워.
내 옆에 있어 준 너라서 고마워.

넌
너 자체로도 빛나기에

네 옆에 있는
나까지 빛나게 돼.
내 옆에 있어 준 너라서 고마워.

얼마나 더 깎여야 고와질 수 있을까

돌은 깎일수록 고와지더라.
물에 깎이고
세월에 깎이고
깎이고 깎일수록 매끈해지더라.

난 얼마나
더 깎여야 고와질까.
눈물에도 깎이고
아픔에도 깎이고
외로움에도 깎이고
쓸쓸함에도 깎이고
얼마나 더 깎여야 매끈해질 수 있을까.
얼마나 더 깎여야 고와질 수 있을까.

부딪힘 없이
아픔 없이
고와질 수 있으려나.

삶이 건조하지 않길

마지막 달력이 인사를 건넨다.
떠날 날이 얼마 남지 않았다고
남은 시간은 더 웃으며 살아 보라 한다.

오늘 아침도 떠나보내야 하고
오늘의 나도 떠나보내야 하고
오늘의 너도 떠나보내야 하기에
아팠던 눈물은 지워 버리고
행복했던 웃음만 기억하라 한다.

오늘이 지나고
또 다른 오늘은
삶이 건조하지 않길
삶이 지혜롭길
삶이 건강하길
웃으며 허허 넘기며 살아 보라 한다.

너무 많은 의미를 부여하지 말며
나다운 모습으로 살아 보라 한다.
나다운 모습으로 웃어 보라 한다.

하루의 끝에서 웃어 보자

웃음이 나오지 않아도
웃는 연습을 하자.
화사하게 웃어 보자.
그래도 잘 안되면
미소라도 지어 보자.

미소가 나오지 않아도
미소 짓는 연습을 하자.
온화하게 미소 지어 보자.
그래도 잘 안되면
웃어 보자.

하루의 시작에서 미소 짓고
하루의 끝에서 웃어 보자.

미소도 두 팔 벌려
웃음도 두 팔 벌려
담백하게
환하게
포옹하자.

온기 있는 관계로

시시콜콜 이야기해도
같이 웃어 줄 수 있는 관계로

무언가를 주어도 받아도
아깝지 않은 관계로

분위기 있는 카페에서
들려오는 노래에 흥얼거릴 수 있는 관계로

들꽃을 보며 상대를 위한 마음의
그 아름다움과 당당함에 설레는 관계로

늘 같이 있는 듯하고
늘 그리워하는
그런 관계로

따뜻함을 서로 나눌 수 있는
온기 있는 관계로

우리 그런 관계가 되었음 합니다.

고운 마음을 가진 그대와

사랑하는 사람과
사랑이 충만한 곳으로
여행을 떠나고 싶습니다.

구름 한 점 없는 푸른 하늘 아래
연둣빛 풀들이 춤을 추고

알록달록 꽃들이 활짝 웃으니
지나가는 바람이 노래를 하고

토끼들도 춤을 추고
토끼풀로 반지도 만들어 끼고

천연색 물감을 풀어 놓은 듯
자연의 향연에 화답하듯
우리는 사랑을 속삭이고

온 세상이 아름다운
그림 같은 세상으로
고운 마음을 가진 그대와
여행을 떠나고 싶습니다.

사랑의 꿈을 꾸어 봅니다.

사랑하기에 닮는 걸까

나와 닮은 사람이 있다.

시시콜콜한 이야기에도
진지하게 대화를 이어 가는 사람

외로움을 많이 느끼면서
쓸쓸한 뒷모습이 나와 닮은 사람

하루 종일 떠들어도 싫증 나지 않고
또 이야기하고 싶은 사람

장난치는 것도 재밌어하며
웃음이 가득한 장난꾸러기 같은 사람

슬픈 노래를 들으면서 눈물 뚝 뚝
슬픈 눈망울을 가진 사람

이건 닮음일까.
이건 사랑일까.

닮았기에 사랑하는 걸까.
사랑하기에 닮는 걸까.

한마디

한마디
보고 싶었어.
보고 싶어.

한마디
그리웠어.
그리워.

한마디
생각이 나.
생각해.

한마디
사랑했어.
사랑해.

바람 되어
잠시 스치면 좋겠어.
바람 되어
네 향기 느껴 보면 좋겠어.

내 마음은 맑음이다

그대 손잡고 싶은 건
그대와 같은 곳을 바라보고
싶다는 것이고

그대와 걷고 싶다는 건
그대와 같이 있고
싶다는 것이고

하늘을 올려다보는 건
그대가 보고 싶다는 것이고

손가락 사이로 스치는 바람이 아쉬운 건
그대 그리움이 크다는 것이다.

그대 생각에 오늘도
바람 되어 그대 곁을 스치기에

오늘
내 마음은 맑음이다.
내 마음은 햇살이 쨍하다.
내 마음은 따뜻한 바람이 분다.
그대는
그대도 맑음이려나.

하늘이 흐리기만 한 줄 알았다

오래된 그늘이 있었다.
오래된 흐느낌도 있었다.

웃음을 잊은 채
눈물만 동그르르

떨어진 단추처럼 아픔이
바닥으로 데구르르

하늘이 흐리기만 한 줄 알았다.
하늘에선 비만 내리는 줄 알았다.

눈부신 햇살을 느껴 본 지가
언제였을까.

기억이 가물가물

그런데
이제야 보이고 들리기 시작한다.
햇살은 늘 나를 비추고 있었다는 것을.

웃음은 늘 내 옆에서 까르르 웃고 있었다는 것을.
하늘은 늘 나를 두 팔 벌려 안고 있었다는 것을.

이제는

햇살을 느껴 보리라.
행복을 느껴 보리라.
사랑을 느껴 보리라.

그리워하자

아프지 말자 했는데도
아팠다.
울지 말자 했는데도
울었다.
슬퍼하지 말자 했는데도
슬펐다.
집착하지 말자 했는데도
집착했다.
애쓰지 말자 했는데도
애를 썼다.

그러면
울지 말자 하더라도
웃음이 나야겠지.
행복하지 말자 하더라도
행복해야겠지.
그리워하지 말자 하더라도
그리워지겠지.
익숙하지 말자 하더라도
익숙해지겠지.

사랑을 끌어당겨 보자

외로움은 외로움을 끌어당기고
쓸쓸함은 쓸쓸함을 끌어당기고

우울함은 우울함을 끌어당기고
아련함은 아련함을 끌어당기고

감사함은 감사함을 끌어당기고
행복은 행복을 끌어당기고

사랑은 사랑을 끌어당긴다.

그렇다면
긍정을 끌어당기고
따뜻함을 끌어당기고
웃음을 끌어당기고
행복을 끌어당기고
사랑을 끌어당겨 보자.

나에게 전해지는 너의 영혼

너의 시린 손끝이
나의 시린 손끝으로 전해지고

너의 아련함이
나의 아련함으로 전해지고

너의 구멍 난 아픔이
나의 구멍 난 아픔으로 전해지고

너의 텅 빈 외로움이
나의 텅 빈 외로움으로 전해지고

너의 밤하늘의 허전함이
나의 밤하늘의 허전함으로 전해진다.

아무 일 없다는 너의 말에
난 더 아파 오니
너와 난
보이지 않는 실로 연결된
인연인 걸까.

나에게 전해지는 너의 영혼
나도 시리고 너무 아프다.

난 너의 향기로

꽃과 꽃 사이에도
부드러운 손길의 바람과
따뜻한 미소의 햇살과
여기저기 들리는 웃음과
알록달록 사랑이 있어야
향기를 내듯이

사람과 사람 사이에도
전생의 끈으로 이어 온 인연과
애달픔의 그리움과
무지갯빛 보고픔과
거리보다는
마음이 있어야
사랑이 피어나리니

우리
난 너의 향기로
넌 나의 향기로
은은하게 섞여 스며들어 보자꾸나.

넌 인연 넌 사랑

눈이 부셔
쳐다보기도
마주 보기도 힘들지만
눈을 찡그리며
쳐다본다.
넌 햇님

부대끼며 살다
미움이 생기고
마주 보기 싫을 때는
등 뒤에서
내 발자국 따라 걸어 주고
슬며시 받쳐 주는
넌 인연

그래도
눈물 날 때는
내 가슴에 슬며시 들어와 있는
넌 사랑

가슴에 별도 품으며
가슴에 달도 품으며
난
살아갈 이유 있음을 찾는다.

넌 내게 최고의 비타민이야

전화 한 통화에도
힘이 나고
보고 싶다는 말에도
힘이 나고
건강해야 한다는 말에도
힘이 난다.

사랑한다는 말에도
더 힘이 나고
웃는 네 목소리에도
더 힘이 난다.

넌 내게 최고의 비타민이야.

너로 인해
오늘도
맑음이야.
바람이 통해
따뜻한 바람이 불어와
에너지 충전 완료야.
너
내일 또 충전해 줄 거지.

넌 내 사랑이야

어제도 그리워했고
어제도 보고팠고
어제도 사랑했던
넌 내 사랑이야.

오늘도 그립고
오늘도 보고 싶고
오늘도 사랑한
넌 내 사랑이야.

내일도 그리울 것 같고
내일도 보고 싶을 것 같고
내일도 사랑할 것 같은
넌 내 사랑이야.

너를 사랑한다는
말을 못 하는 건
너를 사랑하는 내 마음이
말로 표현하기보다
너무 크기 때문이야.

덕분에 참 따뜻했습니다

덕분에
참 따뜻했습니다.
덕분에
참 행복했습니다.
덕분에
참 감사했습니다.
덕분에
참 든든했습니다.
덕분에
참 많이도 웃었습니다.
덕분에
참 많이도 설렜습니다.
덕분에
심쿵했습니다.
덕분에
제가 있습니다.
모두 당신 덕분입니다.
사랑합니다.

열정적으로 살아 보자

향기가 나는 꽃이든
향기가 나지 않는 꽃이든
먼저 피는 꽃이든
나중에 피는 꽃이든
화사하게 피는 꽃이든
피다 만 꽃이든
모든 꽃은 피었다 떨어지듯이

열심히 사는 삶이든
대충 사는 삶이든
행복하게 사는 삶이든
불행하게 사는 삶이든

다시는 오지 못할 오늘이고
연습이 없는 오늘이고
태어났으니 죽을 것이고

모든 것은 자연의 순리대로
인생의 흐름도 그와 같기에

이왕 태어나서
이왕 죽을 거면
열정적으로 살아 보자.
열정적으로 사랑해 보자.

넌 불타는 사랑이니까

남은 열정을 불태우듯
온 세상을 붉게 물들이고
우리 마음까지 붉게 물들이는
넌 노을

넌 낭만이었어.
넌 열정이었어.
넌 사랑이었어.
넌 설렘이었어.

난
널 가만히 바라보는 것밖에
널 가만히 느끼는 것밖에
널 가만히 가슴에 담는 것밖에
널 가만히 뜨겁게 안는 것밖에
달리 할 수 있는 게 없었어.

넌 불타는 사랑이니까.
넌 불타는 열정이니까.
넌 불타는 가슴이니까.

참 좋다

마주 보고 이야기할 수 있어
참 좋다.
마주 보고 손잡을 수 있어
참 좋다.

마주 보고 웃을 수 있어
참 좋다.
마주 보고 위로할 수 있어
참 좋다.

마주 보고 응원할 수 있어
참 좋다.
마주 보고 토닥일 수 있어
참 좋다.

그대가 있어
그대라는 세상이 있어

그대라는 아름다운 세상이 있어
내 곁에 있는 그대가 있어

참 좋다.
참 좋은 것 같다.

손이 손을 놓으려 한다

떠나려는 손도 있고
떠나기 싫어하는 손도 있고
있고 싶어 하는 손도 있고
있어야 할 손도 있다.

떠나려는 손은
손이 손을 잊지 못하고
따스한 온기를 기억하나
빨리 놓아주어야 한다.

있고 싶어 하는 손은
손이 손을 기억하며
따스한 온기를 원하기에
빨리 잡아 주어야 한다.

놓으려는 손도 아프지만
놓아주어야 할 손은 더 아프다.

손을 놓으려는 사람이 변한 게 아니라
손을 잡고 있는 사람이 변화가 없기 때문에
손이 손을 놓으려 한다.
손이 손을 잡으려 한다.

내 마음을 흔들었다

눈부신 햇살이
내 마음을 흔들었고
푸르스름한 하늘이
내 마음을 흔들었다.

앙상한 나뭇가지가
내 마음을 흔들었고
불 꺼진 줄지은 가로등이
내 마음을 흔들었다.

두 바퀴로 굴러가는 자전거가
내 마음을 흔들었고
거리를 휩쓰는 차가운 바람이
내 마음을 흔들었다.

너의 그리움이
내 마음을 흔들었고
너의 보고픔이
내 마음을 흔들었다.

하루의 끝은 하루의 시작일 테니까

하루의 시작은
밝은 미소
정다운 태도
위로의 말
환한 웃음으로
시작하고

하루의 끝은
작은 위안
편안한 쉼터
따뜻한 공기
반짝이는 별
우리 사랑으로
끝을 보내자.

하루의 끝은
하루의 시작일 테니까.

내가 그리워할 수 있게

그대 국화꽃 향기로
내 곁을 스치시는군요.
그대 수만 개의 바람 되어
내 곁을 스치시는군요.

그대 연분홍 상사화꽃 되어
내 곁을 물들이시는군요.
그대 까만 밤하늘에
반짝이는 별 하나 놓고 가시는군요.

그대 사랑의 멜로디로
그리움 한 장 남겨 두고 가시는군요.

내가 기댈 수 있게
내가 그리워할 수 있게

그대 내게 오시는군요.
그대 그리움도 같이
그대 하늘도 같이 오시는군요.

그댈 진심으로 사랑하니까요

내가 사랑하는 사람은
하루하루 똘망한 눈으로
세상을 밝게 보려 하고
하루하루 미소 짓는 입이
활짝 핀 꽃송이 같고

하루하루 상대를 위한 마음으로
늘 물같이 살려 하고
하루하루 변함없는 푸르름의
소나무같이 살아갑니다.

그런 예쁜 사람이
몸도 마음도 힘들어합니다.
그 사람의 아픔을 같이 나누고 싶고
그 사람의 눈물도 같이 나누고 싶어요.

왜냐고요.
내가 가장 사랑하는 사람이니까요.
그댈 진심으로 사랑하니까요.
내 모든 걸 주어도 아깝지 않으니까요.

눈과 나

포슬눈은 야릇함
함박눈은 설렘
눈이 부시도록 하이얀 눈이
지붕에도
길에도
밭에도
하얗게 하얗게 내린다.

살포시 한 발자국 밟으면
너한테로 한 걸음 나아가고
살포시 두 발자국 밟으면
너한테로 두 발자국 나아간다.

눈 위를
강아지처럼
토끼처럼
뛰어다니다 보니
내 마음이 어느새 네 곁에 가 있네.
눈과 나
그리고 너
그리고 우리.

네 경험을 토대로 해석하고 판단해서 위로하지 마

콜록콜록
목에도 가시가 돋친 듯
큰 바윗덩어리가 누른 듯
열까지 뜨근뜨근
추위 많이 탄다고 열까지 난다.
약도 먹고 죽도 먹고
아프지 않을 거라 했는데
아팠다.

그게 인생이겠지.
몸은 시간 지나면 좋아지겠지만
분명 괜찮아질 거지만

마음의 콜록거림은
무슨 약을 먹어야 할까.
위로
격려

근데
네 경험을 토대로 해석하고
판단해서 위로하지 마.

아파할 때는
그냥 토닥임만 있으면 되니까.
그냥 속삭임만 있으면 되니까.

노래는 누군가의 사랑이 되기도

누군가를 그리워할 때는
그리움의 노래가
마음에 자리를 잡아
애절함의 꽃이 피어나고

누군가를 사랑할 때는
사랑의 노래가
마음에 자리를 잡아
사랑의 꽃이 피어나고

누군가와 이별을 할 때는
이별의 노래가
마음에 자리를 잡아
눈물의 꽃이 피어난다.

노래는
누군가의 사랑이 되기도
누군가의 이별이 되기도
누군가의 기쁨이 되기도
누군가의 아픔도 되기도 한다.

고요한 아침의 노래를 들으며

발버둥 치지 않으며
의심하지 않으며

잘났다 하지 않으며
욕심부리지 않으며

가지려 애쓰지도 말고
잔잔함을 믿으며
자연스럽게 여유롭게
느껴 보면 되는 것을

무섭기만 했던 물속에
두렵기만 했던 물속에
보물선이 있는 것을
아주 가까이 있는 것을

아무리 내려놓는다 해도
또 슬그머니 올라오는 욕심들

고요히 물속에 나를 맡겨 보자.

고요한 아침의 노래를 들으며
행복한 아침의 노래를 들으며
사랑의 아침의 노래를 들으며.

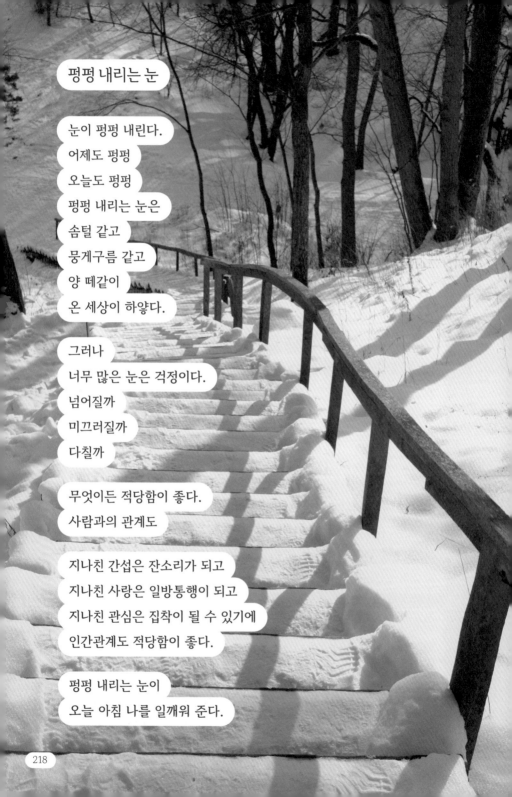

펑펑 내리는 눈

눈이 펑펑 내린다.
어제도 펑펑
오늘도 펑펑
펑펑 내리는 눈은
솜털 같고
뭉게구름 같고
양 떼같이
온 세상이 하얗다.

그러나
너무 많은 눈은 걱정이다.
넘어질까
미끄러질까
다칠까

무엇이든 적당함이 좋다.
사람과의 관계도

지나친 간섭은 잔소리가 되고
지나친 사랑은 일방통행이 되고
지나친 관심은 집착이 될 수 있기에
인간관계도 적당함이 좋다.

펑펑 내리는 눈이
오늘 아침 나를 일깨워 준다.

참 여유롭다

햇볕이 반사되어
반짝이는 잔물결들
여유롭게 내려놓은
빈 겨울 들녘

근육질을 드러낸
높고 낮은 산봉우리들
차 지붕 위에 쌓였던 눈가루가
흩날리며 춤을 추는 모습

달달하고 경쾌한
음악에 맞춰 모두가 춤을 춘다.
나도 어깨가 들썩

모두가 어우러진 모습들

아
참 아름답다.
아
참 여유롭다.

이젠 그만하고 싶어

이젠 그만하고 싶어.
같이 있어도 외롭고
같이 있어도 쓸쓸하고
같이 있어도 우울하면
이젠 그만하고 싶어.

뾰족한 가시로
가까이 오면 찌르기만 한 우리
너도 많이 아팠겠지만
나도 많이 아팠어.

다 잊고 잠을 잘 때도
이불 대신 아픔만 덮고 자는 것도
이젠 그만하고 싶어.

서로에게 상처만 된다면
이젠 그만하고 싶어.
무심한 듯 살아가고 싶어.
그러고 싶어.
그러면 좋겠어.

이젠 그만 아파할래.
이젠 그만하고 싶어.

눈은 마음의 표현이니까

어떤 사람은
이 말 저 말 수다를 떨어도
가만히 고개 끄덕이며
마음의 그림자를 따라 걸어 주고

어떤 사람은
외로워 혼자 흐느낄 때
가만히 손 하트를 하염없이 보내며
마음에 핑크뮬리를 가득 안겨 주고

어떤 사람은
울고 싶을 때
웃는 게 너답다며
마음의 웃음꽃이 활짝 피어나게 한다.

웃는 눈은
그만큼 행복하다는 것이고

슬픈 눈은
그만큼 행복하고 싶다는 것이다.
눈은 마음의 표현이니까.

빈 마음으로 보면 보이는 것들

조용히 눈을 감고
찬 바람의 감촉을 느껴 본다.
떨어지는 물방울 소리를 들어 본다.
아이들의 재잘거리는 소리를 들어 본다.
겨울바람의 노랫소리를 들어 본다.
나의 숨소리를 느껴 본다.

조용히 눈을 뜨고
앙상한 겨울나무를 바라본다.
불 켜진 가로등을 바라본다.
반짝이는 별들의 속삭임을 느껴 본다.
사랑한다는 달달함을 느껴 본다.
나의 모습을 바라본다.

빈 마음으로 마주하는
느낌과 감촉들

빈 마음으로 보면 보이는 것들
빈 마음으로 들으면 들리는 것들

빈 마음으로 들여다보면 보이는 나
빈 마음으로 들여다보면 보이는 너

야생화도 제철에 피어나듯

상대의 감정은 생각하지 않고
제 감정대로 행동하는 사람

상대의 아픔을 무시한 채
제 판단 기준으로 위로하는 사람

상대의 상황을 알려 하지 않고
제 기분대로 이야기하는 사람

상대의 생활 패턴을 배려하지 않고
제멋대로 마음을 드러내는 사람

단정한 야생화도 제철에 피어나고
과하지 않은 향기를 뿜어내듯

우리도
적당한 거리에서
상대를 배려하며
은은하게 웃으며 피어나 보자.

네가 있어 참 좋다

내 곁에 네가 있어 참 좋다.
소박한 소식 전할 수 있고
같은 공간에서 노래 들을 수 있고
아이처럼 쳐다보며 웃을 수 있어
참 좋다.

서로의 마음에 등불 하나 밝혀
서로의 아침이 되고
서로의 저녁이 되고
서로로 가득하기에
참 좋다.

비 오는 날 우산 안에서도 너와 함께이고
눈부신 햇살 속에서도 너와 함께이고
반짝이는 별빛 속에서도 너와 함께이기에
참 좋다.

네가 있어 참 다행이고
네가 있어 참 좋다.

공기가 심상치 않아요

우리 사이에는
공기가 심상치 않아요.
다른 사람들과 있을 때와는
사뭇 다른 공기죠.
따뜻하고
향기로운
바람이 불어와요.

난 그 향기에 취해
기분이 몽롱해져요.
난 그 따뜻함에 취해
하늘을 날아다녀요.

꽃도 되고
나비도 되고
바람도 되고
자연과 하나 되어 날아다녀요.

우리는 하나니까요
서로의 마음에 살아 있으니까요.

이건 분명 사랑이겠지

늘 네 생각으로 가득하고
늘 같이 있는 것 같고
늘 같이 웃는 것 같고
늘 너를 애틋하게 그리워하고

솜사탕같이 달달하면서
한 입 베어 물면
금방 살살 녹아내려 아쉽고

앞에서 봐도 그립고
뒤에서 봐도 그리운 건
이건 분명 사랑이겠지.

사랑해
라고 외치면
더 크게 메아리 되어 돌아오는
사랑해
사랑해
이건 분명 사랑일 거야.

내 안으로 달려 들어오는 너

하늘에 떠 있는 둥근 달인데
바다를 가로질러 달빛 환한 길을 내어 준다.

밀려오는 파도가 길 잃을까
파도에게도 달빛 환한 길을 내어 준다.

내 눈에도
내 마음에도
쏜살같이 달려 들어와
달빛 황홀한 길을 내어 준다.

달님이 바다 위에 두둥실 떠 있기에
달빛 투영된 밤바다가 있기에
잠을 이룰 수가 없다.

내 안으로 달려 들어오는
밤하늘
밤바다
밤 달빛
설레는 나
정신을 차릴 수가 없다.

그럴 거야

오늘도
믿어 주고 다독여 주는 사람이
내 곁에 있다면
웃을 수 있을 것이고

오늘도
내 편이 되어 주는 사람이
내 곁에 있다면
든든할 것이고

오늘도
토닥여 주고 사랑해 주는 사람이
내 곁에 있다면
설렐 것이고

오늘도
내 마음 기댈 수 있는 사람이
내 곁이 있다면
행복할 거야.

그럴 거야.

넌 꿈이었어

주홍색 물감을 풀어 놓은 듯
깊은 바다를 뚫고 올라오며
잔잔한 바다를 물들이기 시작하는
눈부신 태양

넌 경이로움이었어.
넌 희망이었어.

넌 시작이었어.
넌 환상이었어.

넌 감동이었어.
넌 꿈이었어.

넌 사랑이었어.
큰 사랑을 가슴에 품고

나도 너처럼
내어 주는 사랑 해 볼게.
아낌없는 사랑 해 볼게.
무조건적인 사랑 해 볼게.

너로 인해
우리는 모두 깨어나고 있는 거야.
우리는 모두 깨어나고 있어.

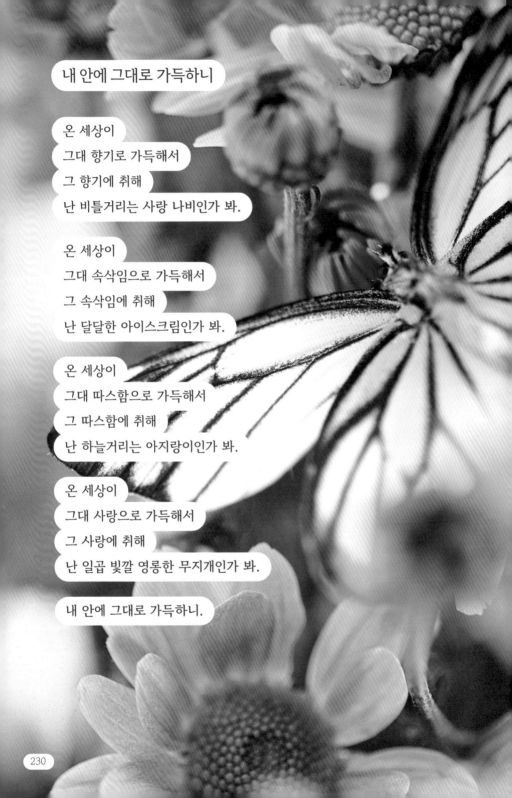

내 안에 그대로 가득하니

온 세상이
그대 향기로 가득해서
그 향기에 취해
난 비틀거리는 사랑 나비인가 봐.

온 세상이
그대 속삭임으로 가득해서
그 속삭임에 취해
난 달달한 아이스크림인가 봐.

온 세상이
그대 따스함으로 가득해서
그 따스함에 취해
난 하늘거리는 아지랑이인가 봐.

온 세상이
그대 사랑으로 가득해서
그 사랑에 취해
난 일곱 빛깔 영롱한 무지개인가 봐.

내 안에 그대로 가득하니.

그것이 행복이다

아침에 일어나서
아침 바람을 느끼기만 해도
행복이다.

일을 할 때도
현재에 집중하기만 해도
행복이다.

사랑을 할 때도
그 사랑에 집중하고 교감하면
행복이다.

오늘도
태양은 떠오르고
바람도 온몸을 스치기에
오늘의 행복에만 집중하자.

밥 먹을 땐 밥만 먹고
화장실 가서는 볼일에 집중하고
사랑할 땐 그 사랑에 집중하자.

그것이 행복이다.

숨어서 눈만 감았던 나를 찾을 거야

난 내가 아닌 나로 살아온 것 같아.
내 안에 낯선 사람이 살고 있었나 봐.

가면을 쓰고 내가 아닌 나로
피에로같이 슬픈 웃음을 짓는 나로
숨바꼭질하며 애써 나를 감추었던 거야.

우산도 없이 비 오는 날 눈물을 감추기도
하늘을 쳐다보며 눈부시다 얼굴을 숨기기도
했던 거야.

웃던 난 어디로 갔는지
긍정의 난 어디로 갔는지

이제는
술래잡기에서 나를 찾고 말 거야.
숨어서 눈만 감았던 나를 찾을 거야.

나로 살아갈 거야.
나답게 살아갈 거야.
나답게 웃어 볼 거야.

내가 태어난 이유로 살아갈 거야.

종합 선물 세트처럼 내게 와 준 너

넌 내게 선물이었어.
기대도 하지 않았는데
한 아름 꽃다발로 내게 온 거야.

비 오는 날 우산이 되어 준 너
천둥 치는 날 손 꼭 잡아 준 너
햇살이 따가운 날 손으로 해를 가려 준 너

넌 내게 다정함이었어.
넌 내게 든든함이었어.
넌 내게 자랑스러움이었어.
넌 내게 많은 의미가 되었어.
넌 내게 삶의 이유이기도 했어.

내 마음 안에 살고 있는 너라서
종합 선물 세트처럼 내게 와 준 너라서
너무 고마워.
말로는 잘 못 하지만
너무 사랑해.
너무 사랑한다니까.

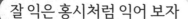

잘 익은 홍시처럼 익어 보자

내 나이 환갑이 지났다.
벌써 이 나이가 되었다.

쳇바퀴 돌듯 살다 보니
내 청춘은 지나갔다.

지금의 나를 보고
어떤 이는 잘 웃는다.
어떤 이는 화난 사람 같다.
어떤 이는 잘 살아왔다.
어떤 이는 가엽게 여기기도 한다.

정답은 없다.

나이도 노을이고
삶도 노을이고
마음도 노을이다.

씩씩하게 살아왔고
앞만 보고 달려왔고
감정도 숨긴 채 살아왔다.

그러나
난

들꽃과도 소곤소곤 속삭이고 싶었고
손끝으로 스치는 바람에도 설레었고
빗소리에 센치해지며 마냥 걷고 싶었다.

이 나이 되어 보니
이제는 세상이 보인다.
이제는 사랑이 들린다.

남은 나의 생은
곱게 물든 단풍처럼 물들어 보자.
잘 익은 홍시처럼 익어 보자.
흐르는 물처럼 자연스럽게 살아 보자.
그리 웃으며 살아 보자.

선물은 선물이 아니었다

그는 내게 선물을 주었지.
선물을 주면서도
이렇게 해라
저렇게 해라
온전한 선물을 주지 못했지.
선물을 주었으면 그 선물은 내 것인데

그는 선물을 준 것이 아니라
그는 선물을 주지 않은 것이리라.

주려는 손
주지 않으려는 손
손과 손 사이에 선물을 가둔 채

난 그대에게 선물을 주기로 했지.
곱게 포장한 내 마음을
온전한
선물을 주기로 했지.
선물은 그대의 것이니까.

우리의 인연은

밀물처럼 밀려왔다
썰물처럼 밀려가는 인간사

밀려가는 인연에 너무 아파하지 말고
웃으며 안녕을 기원하며 보내 주자고
아픈 인연은 손 놓아주자고
다짐하건만
헤어짐은
늘 아프다.

밀려오는 인연에 너무 들뜨지 말고
다정히 반갑게 웃으며 맞이하자고
행복한 인연은 손잡아 주자고
다짐하건만
만남은
늘 기쁘다.

나의 인연으로 내 앞에 있다는 건
자꾸 보고 있다는 건
내 마음도 같이 너한테로 간다는 것이리라.

우리의 인연은
전생에 놓쳐 버린 조각을 맞추러
이생에 조각 맞추러 다시 온 것이리라.

무작정 그대 그리운 날

무작정 그대 그리운 날
무작정 그대 보고픈 날
무작정 그대 등에 기대고 싶은 날

무작정 그대 따뜻한 말 듣고 싶은 날
무작정 그대 품으로 달려들고 싶은 날
무작정 그대 발자국 따라 걷고 싶은 날
무작정 같은 노래만 무한 반복 듣는 날
무작정 그 바다 그 파도 소리가 듣고 싶은 날

무작정 그대가 더 그리운 날
무작정 그대가 더 보고픈 날

오늘이
그날인가 봅니다.
오늘이
그런 날인가 봅니다.

괜찮지 않은데 괜찮은 척했을 뿐이야

흐린 날도 있고
햇살이 눈부신 날도 있고
비 오는 날도 있고
천둥 치는 날도 있듯이

나도 그래.
나도
웃을 때도 있고
화가 날 때도 있고
말을 하기 싫을 때도 있고
펑펑 울고 싶을 때도 있고
발길 닿는 곳으로 훌쩍 떠나고 싶을 때도 있어.

괜찮지 않은데 괜찮은 척했을 뿐이야.
웃고 싶어도
울고 싶어도
내 인생이야.
다그치지 좀 마.

있는 그대로 봐주면 안 되겠니.
차라리 모른 척해 주면 안 되겠니.

한 번쯤은 무기력해도 괜찮다고
한 번쯤은 하고 싶은 대로 해 보라고
한 번쯤은 네 동굴 안에 숨어도 보라고.

그대는 여전히 다정한데

그대는 여전히 그대로인데
그대는 그대로 따뜻한데
그대는 여전히 다정한데
그대는 그대로 웃고 있는데

나 혼자 섭섭해하고
나 혼자 우울해하고
나 혼자 눈물 흘리고
나 혼자 삐지고

내 마음이
내 거라지만
너무 내 마음대로인가
나

행복의 백신주사를 맞고
행복만 하면 좋으련만.
사랑의 백신주사를 맞고
사랑만 하면 좋으련만.

추억만으로도 웃을 수 있는 인연

생각만 해도 웃음이 나는 인연
보고 있어도 더 그리운 인연
부드러운 멜로디로 합창을 하는 인연
바로 당신입니다.

영원히 내 것이 될 수 없고
영원히 볼 수 없을지라도
아름다운 이야기로 기억될 수 있는 인연
바로 당신입니다.

먼 길 돌아 다시 만난다 해도
늘 내 옆에 있었던 것 같은 다정한 인연
나와 닮은 친숙한 인연
바로 당신입니다.

나 혼자 남는다 해도
그 추억으로 웃을 수 있는 인연
바로 당신입니다.

우리의 이야기에는
향긋한 향기가 있으니까요.

해 뜨기 전이 가장 어두운 거야

생글생글 웃는 모습이 예뻤던 너
레이스 양말에 치마가 잘 어울렸던 너
고개 끄덕이며 잘 들어 주던 너
천천히 먹는 모습도 귀여웠던 너
넌 그랬지.
넌 예뻤지.

그런 너였는데

눈물을 한 아름 안고 툭 건들면
눈물이 쏟아질 것 같은 모습으로
애써 슬픔을 뒤로 숨긴 채
씁쓰레한 웃음을 짓는 모습으로
자꾸만 작아진다며 떨고 있는 몸짓으로
내게 왔지.

하지만 알고 있니.
넌 누구보다 커 보였어.
넌 활짝 웃기 위해 잠시 미소를 숨긴 거야.
넌 내일 빛나기 위해 잠시 주춤거린 거야.
해 뜨기 전이 가장 어두운 거야.

힘내 보자.
우리는 하나니까.

보고 싶어 눈물이 난다

보고 싶다.
이 아침
네가 보고 싶다.
네가 그립다.
보고 싶어 눈물이 난다.

생각해 보니
오늘 아침만 보고 싶은 게 아니었다.
오늘 아침만 그리운 게 아니었다.
늘 그리워했다.
늘 보고파 했다.

나만 그리워했던 걸까.
나만 보고파 했던 걸까.

그래서
난 내 마음대로 생각하기로 했다.

분명
너도 나만큼
더 보고파 하고
더 그리워할 거라고
생각하기로 했다.

나에게 셀프 칭찬을 해 주기로 했다

나에게 셀프 칭찬을 해 주기로 했다.
오늘이 그날이다.

세상에 지지 않으려 발버둥 치며 사느라
울음도 꾸역꾸역 참아 가며 애써 웃으며 사느라

금방이라도 넘어질 것 같은 위태로움에서
버텨 내며 살아오느라
미운 사람도 미워하지 않으며 살아오느라

애절함도 견뎌 내며 살아오느라
쓸쓸함도 웃음으로 넘기며 살아오느라

참 수고 많았다고
참 잘해 왔다고
참 고마웠다고
역시 너답다고

유행 타지 않는 최고의 칭찬을
나한테 하기로 했다.
그리고
너에게도 하기로 했다.
그날이 바로 오늘이다.

영원한 것은 없더라

살다 보니
영원한 것은 없더라.
살아 보니
영원한 것은 없더라.

어떤 어려움도
어떤 기쁨도
어떤 아련함도
어떤 웃음도
변치 말자던 약속도
끝까지 놓지 말자던 두 손도
영원한 것은 없더라.

흐르는 물처럼 유유히 흘러가더라.

만남 뒤에 오는 이별이 가슴 아파

반짝이는 별들도
어제는 저쪽 하늘에서 더 반짝이고
오늘은 이쪽 하늘에서 더 반짝이더라.

온전한 나로 살고 싶다

가끔은
현실의 옷을 벗어던지고
내 마음 이끄는 대로 살고 싶을 때도 있고
내 몸 이끄는 대로 걷고 싶을 때도 있다.

가끔은
현실의 생활을 탈피하여
내 감정이 이끄는 대로 살고 싶고
내 마음의 소리에 집중하고 싶다.

차가운 바람
따사로운 햇살
맑은 하늘
선선한 공기
여유로운 시간
사랑의 속삭임

자연의 숨소리를 느끼며
온전한 나로 살고 싶다.
나를 위해 살고 싶다.
가끔이라도.

매화꽃은 피고야 말 거니까

입춘이 지나도 너무 추워.
입춘은 봄이 온 것이 아니라
봄이 시작됨을 알리는 거야.

근데 말이야.
매화꽃이 새싹을 틔우기 위해
꿈틀거리고 있어.
소곤거리는 속삭임을 느껴 봐.
매화꽃은 피고야 말 거니까.

근데 말이야.
행복도 우리 옆에서 웃으며
꿈틀거리고 있어.
소소한 행복을 느껴 봐.
행복도 오고야 말 거니까.

매화꽃 피면
우리 손잡고 웃으며 뛰어 보지 않을래.

세상이 다 꽃밭일 거야.
세상이 다 웃음꽃일 거야.

길은 길이다

걸으면 된다.
걸어가면 된다.
걷다 뛰어도 된다.
뛰다 힘들면 잠시 쉬어도 된다.

내가 가는 길이 내 길이 되고
네가 가는 길이 네 길이 되고
우리가 가는 길이 우리의 길이 된다.

단풍이 떨어지면 단풍 길
벚꽃이 떨어지면 벚꽃 길
비가 오면 빗길
눈이 오면 눈길
바람이 불면 바람 길
행복이 가득하면 행복한 길
불행하다 느끼면 불행한 길

내가 원하는 길로 가면 된다.
내가 선택한 길로 가면 된다.
가다 가다 그 길이 아니면 돌아가면 된다.
길은 길이니까.

길은 길이다.

사랑했던 기억들 그걸로 충분해요

시간이 지나
언젠가 기억이 도망간다 해도
우리의 이야기는 기억할게요.

세월이 흘러
언젠가 기억이 흐릿해져도
우리의 웃음은 기억할게요.

나이가 들어
언젠가 기억이 잠든다 해도
우리의 약속은 기억할게요.

내가 사랑한 속삭임
내가 사랑한 두 발걸음
내가 사랑한 맞잡은 두 손
내가 사랑한 우리의 웃음

내가 사랑한 그 바닷가
내가 사랑한 푸르른 하늘
내가 사랑한 스치는 바람
내가 사랑한 눈이 부신 햇살
내가 사랑한 모든 것

그걸로 충분해요.

따스한 봄바람이 살랑살랑 불 겁니다

참 많이도 울었습니다.
온몸이 비에 흠뻑 젖어
물이 뚝뚝 떨어지는 옷을 입은 채
울었습니다.

참 많이도 추웠습니다.
온몸이 추위에 얼어
처마 밑 고드름처럼 매달려
녹아내리거나 부러졌습니다.

참 많이도 굳었습니다.
온몸이 딱딱하게 굳어
편견 안에서 빠져나오기 힘든 채
스치기만 해도 아팠습니다.

꽃샘추위에 떨며 봄을 기다렸습니다.

겨울은 가고 봄이 오듯이
춥고도 긴 겨울이 지나고
따뜻한 봄을 맞이할 겁니다.

우리 모두의 가슴에
따스한 봄바람이 살랑살랑 불 겁니다.
따스한 봄바람이 코끝을 스칠 겁니다.

내 가슴에도
그대 가슴에도.

251

나답게 웃기로 했다

1판 1쇄 발행 2025년 3월 13일

저자 우영숙

교정 주현강   **편집** 윤혜린   **마케팅·지원** 김혜지

펴낸곳 (주)하움출판사   **펴낸이** 문현광

이메일 haum1000@naver.com   **홈페이지** haum.kr
블로그 blog.naver.com/haum1000   **인스타그램** @haum1007

ISBN 979-11-7374-021-3(03810)